KB110828

맨해튼의 / 반딧불이

▪ 이 도서의 국립중앙도서관 출판시도서목록(CIP)은
e-CIP 홈페이지(http://www.nl.go.kr/ecip)와
국가자료공동목록시스템(http://www.nl.go.kr/kolisnet)에서 이용하실 수 있습니다.
(CIP제어번호: CIP 2019035954)

맨해튼의 반딧불이

손보미 짧은 소설
이보라 그림

마음산책

손보미

2011년 동아일보 신춘문예로 등단했다. 소설집『그들에게 린디합을』『우아한 밤과 고양이들』, 장편소설『디어 랄프 로렌』, 중편소설『우연의 신』등이 있다. 한국일보문학상, 김준성문학상, 대산문학상, 젊은작가상 대상을 수상했다.

맨해튼의 반딧불이

1판 1쇄 인쇄 2019년 9월 25일
1판 1쇄 발행 2019년 9월 30일

지은이 | 손보미
그린이 | 이보라
펴낸이 | 정은숙
펴낸곳 | 마음산책

편집 | 최해경 · 김수경 · 최지연 · 이복규   디자인 | 이혜진 · 최정윤
마케팅 | 권혁준 · 김종민   경영지원 | 박지혜

등록 | 2000년 7월 28일(제13-653호)
주소 | (우 04043) 서울시 마포구 잔다리로 3안길 20
전화 | 대표 362-1452 편집 362-1451   팩스 | 362-1455
홈페이지 | http://www.maumsan.com
블로그 | maumsanchaek.blog.me
트위터 | http://twitter.com/maumsanchaek
페이스북 | http://www.facebook.com/maumsanchaek
전자우편 | maum@maumsan.com

ISBN 978-89-6090-591-7 03810

★ 책값은 뒤표지에 있습니다.

때로는 잃어버린 것은 잃어버린 것으로
놔둬야 하는 건지도 모릅니다.

작가의 말

   지난해 여름 나는 뉴욕에 혼자 머물렀다. 그리 긴 시간은 아니었고 열흘 남짓. 뉴욕은 세 번째 방문이었는데 혼자 간 건 처음이었다. 물론 열흘 내내 혼자는 아니었다. 뉴욕에 살고 있는 친구가 시간이 날 때마다 틈틈이 나와 놀아줬다. 뉴욕에서 머무는 마지막 저녁, 나는 홀푸드마켓에서 구입한 샐러드와 음료수를 들고 혼자서 센트럴 파크에 갔다. 해가 지면 공원 안 풀밭에 앉아 있으면 안 되는 그런 법이라도 있는 건지, 사람들은 거의 철수를 한 후였거나 철수 중이었다. 결국에는 나만 혼자 덩그러니, 풀과 나무 사이의 커다란 바위 위에 앉아서 샐러드와 음료수를 먹게 되었다. 내가 머무는 동안 뉴욕의 여름은 아주

선선했고 그날 밤도 마찬가지였다. 바람이 불었고, 커다란 나무에 붙어 있는 잎들에서 우수수 소리가 났다. 나는 천천히 샐러드를 씹으면서 허공을 응시했다. 그러다가 문득 내 눈앞에 어떤 불빛들이 깜빡거리다가 이내 사라졌다. 저게 뭐지? 나는 안경을 고쳐 썼다. 넓은 풀밭 곳곳에서 무언가 작은 불빛이 퐁퐁퐁 솟아오르는 것 같았다. 아, 저게 뭘까?

그건 반딧불이였다.

그때만 해도, 그러니까 지난해 여름만 해도 내가 이제껏 쓴 짧은 소설들을 책으로 묶게 될 거라고는 생각도 하지 못했었다. 어떤 순간들은 그런 식으로 퐁퐁퐁, 거리면서 부지불식간에 내 앞으로 다가오는 건지도 모른다고, 지금에서야 생각해본다. 그리고 이 순간들을 오래도록 기억하고 싶다. 이 책을 읽는 사람들도 그런 순간들을 하나쯤 만나게 되었으면 좋겠다는 마음이 든다.

어쩔 수 없이, 그렇다. 그런 마음이 든다.

2019년 가을의 마음

손보미

차례

모든 게 무너져 내리는 동안
잡을 수 있었던 단 하나.

고양이 도둑

"오랫동안 한국을 떠나 있었죠." 그가 말했다. 우리는 시내의 카페에서 차를 마시는 중이었다. 나는 그를 마지막으로 만난 게 언제였는지 떠올리려고 했지만 기억이 잘 나지 않았다. 내가 별생각도 없이 테이블 위의 티 타이머가 예쁘다는 말을 하자, 그는 아무 망설임도 없이 손을 뻗어 티 타이머를 집어 들더니 내 가방에 쑥 넣어주었다. 모래시계 모양의 티 타이머 안에는 모래 대신 파란 잉크가 채워져 있었다.

"이건 도둑질이잖아요." 내가 주위를 살피며 조그마한 목소리로 말하자 그가 대답했다.

"나 원래 훔치는 거 잘해요. 지난 몇 년 동안 여행을 다니면서 이곳저곳에서 많은 걸 훔쳤죠." 그는 훔쳐 온 물건을 거실의 커다란 장식장에 담아서 보관해둔다고 했다. 파리의 카페에서는 은으로 만든 포크를, 런던의 식당에서는 커피잔 받침을, 뉴델리의 민박집에서는 난을 담아주는 대나무 바구니를, 베를린의 박물관에서는 안내소 직원이 쓰던 볼펜을, 오사카의 호텔에서는 재떨이를(이때는 직원에게 딱 걸려서 돌려줘야만 했다), 그리고 뉴욕에서는 고양이 한 마리를 훔쳤다. 가만있자, 고양이? 고양이를 훔쳤다고?

"사실은 그게 내 첫 번째 도둑질이었어요."

그는 이혼 후 자신이 머물렀던 뉴욕의 아파트에 대해 이야기하기 시작했다. "허름하지만 깨끗한 아파트였어요. 맞은편 집에는 에머슨 씨라는 육십 대 초반의 노인이 혼자 살고 있었죠. 혼자? 아니, 혼자라고 말하면 안 되죠. 데비라는 이름의 고양이와 함께 살았으니까. 늙고 뚱뚱한 남자와 고양이 한 마리가 함께 살았단 말이에요." 에머슨 씨는 뚱뚱해서 걸을 때마다 몸이 좌우로 우스꽝스럽게 뒤뚱거렸다. 하지만 몸집에 맞지 않게 목소리가 아주 작았다. 가끔 복도에 서서 에머슨 씨와 이야기를 나눌 때가 있었는데, 그럴 때마다 그는 에머슨 씨가 무슨 말을 하는지 듣기 위해서 잔뜩 긴장해야 했다. 에머슨 씨는 한번도 결혼한 적이 없었다. 그들은 그걸 두고 "이혼남과 미혼남의 만남"이라고 농담을 나누기도 했다. 그 농담 때문이었는지 어쨌는지, 그들은 격의 없는 사이가 되었다. 어느 날 주말, 에머슨 씨는 그를 자신의 집으로 초대했다. "거기에 바로, 데비가 있었답니다. 배와 발 부분의 털은 하얗고, 나머지 부분은 새까만 고양이였죠. 처음엔 그 집에 고양이가 사는 줄도 몰랐어요. 한참 맥주를 마시고 담배를 나눠 피우고 떠들다 보니, 그 데비란 녀석이 카우치 밑에 앉아서 고개를 쭉 빼고 우리를 바라보고 있더군요. 고양이를 그토록 가까운 데서 직접 본 게 처음이었어요. 그 녀석을 쓰다듬어주려고 했는데, 내가 손을 들자마자 휑하니, 카우치 밑으로 다시 들어가버리더군요. 그제야 에머슨 씨 집에 있는 그 많은 액자 사진이 모두 데비를 찍은 거라는 사실을 깨달았어요. 그러니까 데비는 에머슨 씨에게는 유일한 가족

이었던 셈이죠." 그 후로도 에머슨 씨와 그는 가끔씩 만나 재미있는 농담을 하고, 술을 마시고, 담배를 피웠다. 그럴 때마다 데비는 그들을 물끄러미 바라보다가 카우치 밑으로 들어가버렸다. 그는 그 생활이 나름대로 괜찮다고 생각했다. 물론 객관적으로는 만족스러운 상황이라고 말하기는 결코 쉽지 않았겠지만 말이다.

그는 미국인 여자 친구를 따라 혈혈단신으로 미국에 왔지만, 결국 결혼한 지 삼 년도 지나지 않아 그녀는 그를 떠나버렸다. 게다가 여러 가지 사정이 겹치는 바람에 다니던 회사도 그만둬야만 했다. "그 여자 때문에 내 인생을 도둑맞은 셈이죠. 안 그래요?" 하지만 그렇더라도 그는 자신이 처한 상황이 나쁘기만 한 것은 아니라고 생각했다. 즐거움과 지루함, 충만함과 외로움이 마치 격자무늬처럼 그의 삶을 질서 있게 채우고 있었고, 그는 그게 묘하게 균형적이라고 느꼈다. 게다가 그에게는 에머슨 씨라는 친구도 있었다. 하지만 그가 그런 묘한 균형감에 취해 있는 동안 그의 통장 잔고는 완전히 균형감을 잃어가고 있었다. 통장 잔고가 균형감을 잃어가자 그의 격자무늬 삶도 점점 균형을 잃어갔다. "다행히도 회사에서 연락이 왔어요. 내가 여전히 일하고 싶다면 필라델피아에 있는 지사로 보내주겠다는 거였죠. 사실 더 이상 뉴욕에 있을 이유도 없었으니까. 결국 그곳을 떠나기로 했어요. 에머슨 씨와는 작별 인사를 하고 싶었어요. 뉴욕을 떠나기 전날 밤에 우리는 에머슨 씨 집에서 술을 진탕 마셨어요. 난 어쩌면 술에 취해서 좀 울었는지도 몰라요. 에머슨 씨는 아마도 그런 내 등을 말없이 두드려줬겠죠. 그리고 그날 밤 난 그 집 카우치에서 잠이 들었어요."

새벽에 그는 누군가 자신을 빤히 바라보는 느낌이 들어서 잠에서 깼다. 어둠 속에서 뭔가가 자신을 바라보고 있었다. 그건 데비였다. 데비는 그와 에머슨 씨가 아무렇게나 엎어져 있는 카우치 앞에 우아하게 앉아서 그들을 바라보고 있었다. 그는 자신의 발 쪽에 걸쳐져 있는 에머슨 씨의 팔을 조심스럽게 치운 후, 자리에서 일어났다. 그동안에도 데비는 그냥 그를 보고만 있었다. 그가 에머슨 씨 집에서 나와 현관문을 닫으려는 순간, 그는 데비가 여전히 자신을 보고 있다는 사실을 알게 되었다. 그와 눈이 마주친 데비는 천천히 걸어서 자신 쪽으로 다가

왔다. 그리고 앞발만 쭉 펴고 앉아서 그를 올려다보았다. "그게 마치, 떠나고 싶어요, 떠나고 싶어요, 나를 데려가줘요, 라고 말하는 것 같았어요. 데비를 두고 가면 안 될 거 같은 생각이 들더라고요. 모르겠어요. 왜 그런 생각을 했는지." 어둠 속에서 데비의 눈이 반짝, 거리는 게 보였다. 그는 데비를 안았다. 그리고 그는 그길로 그 아파트를, 뉴욕을 떠났다.

"그건 정말 나쁜 짓이네요." 내가 말했다.

"필라델피아로 온 지 보름쯤 지났을 때, 난 데비를 데리고 다시 뉴욕으로 돌아갔어요. 그래야만 했죠. 에머슨 씨에게 그 상황을 설명할 자신은 없었고, 그냥 살짝 데비만 그 집에 넣어줄 생각이었죠. 그런데 그 집이 텅텅 비어 있는 거예요. 관리인에게 물어봤더니, 글쎄, 에머슨 씨가 자살했다고 하더라고요."

"자살이라고요?"

"내가 떠난 지 일주일 후에 목을 매단 걸 발견했다고 하더군요."

"데비는, 그럼 지금 어디에 있죠?"

"우리 집에요. 데비 보고 싶어요?"

나는 망설이다가 대답했다.

"아뇨."

그는 고개를 끄덕였다. 우리는 다른 많은 이야기를 나누고 많이 웃었다. 하지만 나는 마음속으로 그가 살인자라고 생각했다. 조금 더 시간이 지나자 그런 생각은 내 마음속에서 사라졌고 그 대신, 집으로 돌아가 티 타이머의 파란 잉크가 올라가는 모습을 자세하게 들여다보고 있는 나 자신을 떠올리고 있었다.

계시

그는 휴대폰 액정에 뜬 전처의 이름을 보고 슬그머니 전화기를 주머니에 집어넣었다. 삼 년 전 이혼한 후로, 그녀가 그에게 먼저 전화를 한 건 처음 있는 일이었다. 아들에게 무슨 일이 있는 걸까? 아들은 며칠 전에 중학교에 입학했다. 하지만 그는 그 애와 겨우 통화 한번 했을 뿐이다. 그는 가나가와현에 있는 술집에서 일본인들을 접대하는 중이었다. 노인이 운영하는 아주 작고 허름한 술집이었다. 티브이나 라디오, 음악 소리도 없어서 무조건 술 마시는 것에만 집중해야 하는 그런 곳이라고 했다. 낮 2시가 조금 지나 있었고, 손님은 그들뿐이었다. 아침 일찍 나리타 공항에 도착한 그는 도쿄로 가서 회사에서 미리 섭외해둔 현지 유학생 통역사와 거래처 사람들을 태우고 가나가와현에 있는 골프장까지 운전을 했다. 통역사는 스물여덟 살짜리 남자였다. 고등학교 때 일본으로 유학을 온 후 대학을 졸업하고 일본에 머물면서 간간이 이런 아르바이트를 한다고 했다. 그는 통역사가 왜 한국으로 돌아가지 않고 일본에 머무는 건지 궁금했지만 그런 걸 물어볼 만큼 무례하지는 않았다. 전날 밤 잠을 통 못 잔 탓에 가나가와현으로 가는 동안만 통역사가 대신 운전을 해줬으면 싶었지만, 통역사는 운전을 할 줄 모른다고 말했다. 어찌 보면 당연한 반응이었다. 운전은 통역사의 일이 아니니까. 골프를 치는 내내 그는 감기는 눈을 억지로 참으며 일본인들—호시노 씨와 곤도 씨와 엔도 씨—의 비위를 맞추려고 애썼다. 계약은 이미 성사된 거나 마찬가지였고 그는 그저 확인만 받으면 됐다. 달리 특별하게 그가 해야 할 일이 있는 것도 아니었다. 그저 그는 그들에게 얼마나 성의를 가지고 있는지만 보여주면 되었다. 그의 나이와 경력을 생각하면, 이런 자질구레하고 피곤한 일을 떠맡는 건 부당했다. 사람들이 그를

'거물급 매니저'라고 부르던 시절이 있었다. 그러니까, 한 십 년 전쯤에. 이제 그는 어디를 가도 중요한 일을 맡지는 못했다.

원래는 골프를 다 친 후 바로 도쿄로 돌아가 고급 식당에서 늦은 점심을 먹을 생각이었지만, 호시노 씨가 술을 마시고 싶다고 했다. 곤도 씨와 엔도 씨 역시 덩달아 술을 마시고 싶다고 했다. 그는 술을 마시고 싶은 건 호시노 씨뿐이고, 다른 사람들은 그저 호시노 씨의 비위를 맞추는 것뿐이라고 생각했다. 마치 자신처럼. 그는 술집에 가는 게 내키지 않았다. 겨우 정오가 막 지났을 뿐이었고, 그는 금주 중이었다. 금주하기 전, 그는 술독에 빠져 살았다. 어떤 일이 먼저였는지 모르지만, 여하튼 그는 지난 몇 년 동안 계속해서 잘못된 선택을 했고, 빚을 졌고, 아내와 이혼했고, 아들과는 서먹한 사이가 되었다. 그가 다시 회사로 돌아가고(사장은 그를 받아들인 게 옛정 때문이라고 공공연하게 말했다), 삶을 일으켜 세우려는 노력이라도 하게 된 게 불과 일 년 전의 일이었다. 그는 호시노 씨가 안내하는 대로 요코스카로 차를 몰았다. 차 안에서 일본인들과 통역사는 일본어로 이야기를 나눴다. 통역사는 자주 그에게 무언가를 통역해주지 않고 건너뛰었다. 그저 잡담에 불과하니까 그런 거라고 그는 생각했다. 조수석에 앉아 고개를 뒤로 하고 일본인들과 이야기를 나누던 통역사가 문득 생각났다는 듯이 그를 보며 말했다. "까마귀에 대해 이야기하고 있었어요." 그는 백미러로 일본인들을 바라보며 한국어로 말했다. "저도 정말 깜짝 놀랐어요." 그들이 한창 골프를 치고 있을 때, 까마귀 열댓 마리가 마구 울어대며 저 멀리로 날아올랐던 것이다. "그 전에는 한번도 들어본 적이 없는 울음소리라고 하시네요." 그는 역시 백미러로 일본인들을 바라보며 그들의 말을 백 퍼센트 이해했다는 의미로 고개를 끄덕였다.

전처에게 다섯 번째로 전화가 걸려왔을 때, 그는 더 이상 그녀의 전화를 무시하지 못하리라는 생각이 들었다. 그는 일본인들에게 양해를 구한 후 전화기를 들고 가게 밖으로 나왔다. 수화기 너머, 전처의 목소리가 좀 이상했다. 무언가 꽉 막힌 것 같았다. 그들은 어색하게 인사를 주고받은 후에 잠시 동안 아들에 대한 이야기를 나눴다. 그는 아들의 얼굴을 떠올리는 게

어렵다는 걸 깨달았다.

"무슨 일이야?"

그녀는 한참을 망설이다 그에게 말했다.

"P가 죽었대. 그것도 벌써 일 년 전에 말이야. 오늘 우연히 들었어."

그녀는 거기까지 말하고 차마 뒷말은 잇지 못했다. 그는 뭐라고 대답을 해야 할지 잘 모르겠다고 느꼈다. P는 그가 회사를 나올 때 데리고 나온 여배우였다. 그것 역시 그의 잘못된 선택지 중 하나였다. 그땐 그게 최고의 선택이라고 생각했다. 아마도 P 역시 그랬을 것이다. 그들은 함께 추락했다. 그리고 P는 죽었다. 그는 그 사실을 이미 알고 있었다. 그는 전처의 반응이 놀랍다고 생각했다. 왜냐하면 그녀는 P를 죽도록 싫어했기 때문이었다.

"당신, 괜찮아?"

그녀가 겨우 던진 질문에 그는 솔직하게 대답했다.

"글쎄."

그들은 한동안 아무런 말도 하지 않았다. 잠시 후 그녀가 입을 열었다.

"저기, 미안해."

"뭐가?"

"몇 년 전에, 마지막으로 P가 당신에게 연락했을 때, 내가 못 가게 한 거 말이야."

이혼 후에 그녀가 자신에게 이렇게까지 친절하게 말해준 건 처음이라는 생각이 들었다.

"괜찮아. 나 이제 들어가봐야 해. 접대하러 일본에 와 있어. 계약 건 때문에."

"응."

그는 망설이다가 이렇게 물었다.

"저기, 서울에 돌아가서 연락해도 될까?"

그녀는 그렇게 하라고 말했다. 그는 전화를 끊었다. 기분이 이상했다. 서울에 가면 전처에게 연락을 하게 될까? 그들이 다시 대화를 시작하게 될까? 그는 거리가 텅 비어 있다는 걸 그제야 깨달았다. 이상한 일이었다. 관광지로 유명한 지역이라고 알고 있었는데, 그는 고개를 갸웃거리며 하늘을 바라보았다.

작은 구름이 천천히 흘러가는 게 보였다. 날씨는 아주 좋았다. 이제 막 시작된 봄의 기운이 완연했다. 예전에 그는 이런 걸 몰랐다. 언젠가부터 그는 어떤 일이 일어난 데에는 그만한 이유가 있어서라고 믿기 시작했다. 이를테면 엔터테인먼트업계에서 성공 가도를 달리다가 잘못된 선택을 하고, 줄줄이 실패하고, 알코올중독자로 몇 년을 허송세월한 데에는 다 그만한 이유가 있는 거라고. 만약 그런 시절을 겪지 않았다면 이런 봄의 기운 같은 건 느끼지도 못했을 거라고. 가끔 그는 자신이 다시 태어난 게 아닐까 하는 생각을 했다. 그러니까 그게 일종의 계시 같은 거라고. 그 전과는 많은 게 달라졌다. 타고 다니는 자동차나 사는 동네, 만나는 사람들, 즐겨 입는 옷의 브랜드 같은 것들……. 밤에, 자신의 작은 방에서 혼자 어둠 속을 바라보고 있노라면, 그는 죽었다 살아났다는 말을 이해할 수 있을 것 같은 기분에 사로잡혔다.

이제 그는 전처가 그런 자신의 새로운 인생을 알아봐주면 좋겠다는 생각을 하고 있었다.

그는 술은 한 잔도 입에 대지 않았다. 그리고 일본인들과 통역사가 취해가는 걸 지켜보았다. 술집 주인인 노인은 어디에 갔는지 언젠가부터 보이지 않았다. 그를 제외한 나머지들은 왁자지껄하게 마시고 떠들었다. 물론 일본어로. 통역사는 언젠가부터 통역하는 걸 아예 그만두었다. 그는 눈치껏 그들을 따라 웃거나, 그들을 따라 고개를 끄덕이거나, 그들의 이야기를 진지하게 듣는 척했다. 하지만 일본인들과 통역사는 그라는 존재를 잊어버린 것 같았다. 그는 어느 순간부터 꾸벅꾸벅 졸기 시작했다. 그리고 무언가 흔들리는 것을 느끼고 눈을 번쩍 떴다. 땅이 흔들리고 있었다. 그는 순간적으로 시계를 보았다. 2시 45분. 벽에 걸린 액자와 선반에 놓여 있던 술병들이 굴러떨어졌다. 정신이 없었다. 깨지고 무너지는 소리가 들렸다. 그는 일본인들을 따라서 테이블 아래로 기어 들어갔다. 이렇게 여기서 죽게 되는 걸까? 정말 그런 걸까? 겁을 잔뜩 집어먹은 그는 문득 방금 전 통화에서 했던 전처의 말을 떠올렸다. 미안해, 몇 년 전에, 마지막으로 P가 당신에게 연락했을 때, 내가 못 가게 한 거 말이야. 세상에, 그는 그때 전처—그때는 전처가 아니었지만―를 속이고 P를 만나러 갔었다. 그리고 자신이 따로 모아 두었던 돈을 P에게 모두 주었다. 그는 P가 자신을 떠나 새로운 삶을 시작하기를 바랐다. 일 년 전에 P가 죽었다는 소식을 들었을 때, 그는 장례식에 참석하지 않았다. 그 대신 그때부터 그는 인과율의 법칙에 대해 생각하기 시작했다. 모든 일은 그럴 만하니까 일어나는 거야…… 그는 P의 죽음이 자신에게 어떤 의미가 있다고 믿었다. 그럴 만해서 자신에게 일어난 일이라고 생각했었다. 세상에, 나는 우연히 살아 있었을 뿐인데. 그는 중얼거렸다. 눈물범벅이 된 채 그는 자신이 했던 개 같은 생각들을 떠올렸다. 죽었다 살아났다는 말을 이해한다고? 그의 온몸이 부들부들 떨렸다. 얼마나 시간이 지났을까? 세상이 흔들리는 건 끝났다. 그리고 그는 자신이 통역사의 팔을 꽉 잡고 있었다는 사실을 깨달았다.

몇 번의 여진을 겪는 동안, 일본인들은 그에게 괜찮아질 거라고 말해주었다. 일본인들과 통역사는 여전히 조금 취해 있었다. 그리고 그들은 모두 지진 경험이 있었다. "오늘의 지진은 좀 유별나다고 하시네요." 통역사가 말했다. 얼마 후에 그들은 모두 테이블 아래에서 빠져나왔다. 그 후로 한두 시간 동안, 여전히 그들은 무슨 일이 벌어졌는지 알지 못했다. 술집 주인은 돌아오지 않았고 휴대폰은 먹통이어서 그들은 부서진 술집에 앉아서 그냥 그렇게 술만 마셨기 때문이었다. 그도 술을 마시기 시작했고, 일단 취하기 시작하자 낯선 언어 속에서 표류하는 게 그리 싫지만은 않았다. 두 시간 후쯤 돌아온 술집 주인에게 무슨 일이 벌어졌는지 이야기를 들었을 때—그리고 통역사가 혀 꼬부라진 목소리로 그에게 그걸 통역해주었을 때—에는 모두 불콰하게 취한 후였다. 그래서 그들은 술집 주인의 말을 잘 이해하지 못했다. 지진 때문에 도로 운행이 마비되어서 도쿄로 돌아갈 수가 없다는 말만은 잘 이해해서, 그들은 밤새도록 술을 마셨다. 새벽녘이 되었을 때, 그들은 근처 숙소에 각자 흩어져 들어가 잠이 들었다. 그가 잠에서 깨어났을 때에는 이미 하루가 저물어가고 있었다. 그는 자신에게서 지독한 술 냄새가 난다는 것을 알았다. 머리가 깨질 듯이 아팠다. 그는 통역사와 일본인들을 다시 만날 일이 없을 거라고, 그래서 다행이라고 생각했다. 그리고 어디선가에서 통역사와 일본인들도 똑같은 생각을 했다.

　얼마 지나지 않아, 그는 지진이 났던 날 자신이 테이블 밑에 엎드려 벌벌 떨면서 했던 생각들을 다 잊어버렸다. 그날 있었던 세세한 일들도 다 잊어버렸다. 전처와는 재결합을 했다. 어떻게 일이 그런 식으로 진행되었는지 그는 알지 못했다. 그는 아주 가끔씩만 술을 마셨다. 자신이 스스로를 통제할 수 있기를 간절하게 바라면서. 몇 년 후 봄에, 티브이를 보던 그는 문득 자신이 그토록 꽉 잡고 있었던 팔을 기억해냈다. 모든 게 무너져 내리는 동안 잡을 수 있었던 단 하나. 통역사의 얼굴도 잊어버렸지만, 그것만은 기억했다. 하지만 시간이 또 지나면 그는 그런 것들을 또다시 까맣게 잊어버리게 되리라. 하지만 한 가지. 그는 다시는 자신이 죽었다 살아났다는, 그런 생각은 하지 않았다.

불행 수집가

그는 가끔 그날 밤을 떠올렸다. 자신의 앞에 그녀가 나타났던 그 순간을. 그는 지방 문학관의 직원으로 일하고 있었고 문학관 정원 귀퉁이에 있는 조그마한 방 하나짜리 사택에서 살았다. 방이 서너 개 더 있었는데 아무도 거기서 살려고 들지를 않았다. 너무 외진 곳이었다. 반경 4킬로미터 안에 편의점 하나 없었다. 노인이 운영하는 구멍가게가 하나 있긴 했다. 그가 문학관에서 하는 일이라고는 매 분기 똑같은 서류를 만들고 사인을 받는 게 전부다. 아, 아니, 때로는 부정不正한 일을 저질렀다. 하지만 그건 그를 위한 게 아니었다. 그는 자신이 부속품이라고 생각했다. 그게 나쁜 삶이라고는 **도저히** 생각되지 않았다. 그는 예전에 시인이었다. 시집을 냈었다. 한번은 스물여섯 살 때, 다른 한번은 서른두 살 때. 그 생각을 하면 속이 울렁거렸다. 너무 빨리, 많은 것이 변해버렸다. 마치 필름을 빨리 돌려버린 영화처럼. 하지만 때때로 그는 어떤 한 순간에 머물렀다. 왜 그렇게 되는지는 알 수 없었다.

그날 낮에, 문학관 행사가 있었다. 일 년에 한 번 사람들로 북적거리는 날이었다. 오전에는 학생들이 모여서 주제에 따라 글을 쓰거나 그림을 그렸다. 오후에는 시상식이 열렸다. 시상식을 기다리지 못하고 그냥 가버리는 애들이 있어서 수상자가 그 자리에 남아 있지 않을 때도 많았다. 그래서 문학관 측에서는 심사위원이 심사를 하는 동안 공연을 하기로 결정했다. 사람들을 묶어두려고. 그날 그 공연에 그녀가 왔다. 세상에, 저 여자가 여길 왜 왔을까요? 관람객들이 수근거렸다. 그 여자는 스타였다. 가장 좋은 시기는 지났다고 말할 수도 있겠지만, 그래도 그런 무대에 서주겠느냐는 제의를 받은 사실 자체만으로도 수치심을 느낄 만한 스타였다. 전형적인 미인 스타일은 아니었다.

누구나 그렇게 말했다. 턱이 약간 발달했다고. 그래도 그녀 특유의 분위기가 있었다. 그녀가 노래를 시작하면 공기의 흐름이 달라지는 것 같았다. 무언가를 마구 들쑤시는 느낌이었다. 인간이 귀로 들을 수 있는 물리적 범위를 벗어난 그런 게 있었다. 감정? 그런 흔한 말로는 표현이 안 되었다. 그런데 그즈음에 그녀의 목소리는 조금 변했다. 나중에 알고 보니 성대를 잘못 사용해서 그렇다고 했다. 그래도 여전히 그녀는 잘했다.

직원이었던 그도 그녀가 공연에 서는 줄은 몰랐다. 그녀의 이름은 팸플릿에도 없었고, 아무도 그에게 그런 이야기를 해주지 않았다. 그도 다른 방문객들처럼 어안이 벙벙했다.

그런데 그날 밤에, 그녀가 그의 앞으로 쑥 나타났다. 사람들은 모두 문학관을 떠난 뒤였고 그 혼자 남아 언제나처럼 문학관의 뒷마당에 서서 담장을 보며 담배를 피우고 있었다. 저 멀리서 흘러들어 오는 농가의 희미한 빛 때문에 문학관 담장에 그림자가 졌다. 어둠과 좀 더 짙은 어둠.

담배 한 대 줄 수 있어요?

그녀는 낮에 공연을 한 모습 그대로였다. 화장은 지우지 않았고 허벅지 절반 정도까지 덮는 하얀 원피스를 입고 있었는데, 허리가 잘록하고 스커트 부분은 살짝 퍼졌다. 소매가 길고 끝이 갈라져 있어서 그녀가 팔을 움직일 때마다 소매 끝이 나풀거렸다. 이상했다. 그냥 모든 게 자연스럽게 느껴졌다. 그녀는 오 년 만에 피는 담배라고 했다. 그가 물었다.

왜죠?

당신과 이야기를 하고 싶어서요.

뭐라고요?

당신과 이야기를 하고 싶어서 오 년 만에 이렇게 담배를 피우는 거라고요.

가까이서 보니까 그녀의 턱이 더 도드라져 보였다. 그래도 충분히 아름다웠다. 그녀가 자신의 소매를 내밀었다.

이거 좀 묶어줄래요?

그는 담배를 입에 문 채로 기다란 소매의 끝을 묶어주었다.

무슨 이야기를 하고 싶다는 거죠?

그녀가 담배 연기를 후 내뱉으며 대답했다.

당신, 불행 수집가에 대해 들어본 적 있어요?

그는 그런 건 처음 들어본다고 대답했다. 다른 대답은 생각해볼 수도 없었다. 다른 무엇보다, 도대체 누가 불행을 수집한단 말인가?

그녀가 불행 수집가를 처음 만난 건 십 년 전에, 그러니까 스무 살 때의 일이다. 그녀는 스물두 살 때 데뷔했다. 좀 더 일찍 할 수도 있었다.

허송세월한 거죠.

그녀가 말했다. 삼 년 동안 그녀를 데리고 있던 기획사 사장이 도망을 갔다.

난리가 났어요. 같이 연습했던 남자애 한 명은 자살했어요. 돈도 너무 많이 뜯겼고, 무엇보다 모든 게 끝났다고 생각한 거예요. 걔는 그때 겨우 스물한 살이었는데 말이에요. 당신, 몇 살이에요?

그는 서른여섯 살이었다. 그도 자신의 인생이 끝났다고 생각한 적이 있었다. 스물한 살 때는 아니었다. 그때는 모든 게 뜻대로 잘 흘러갈 거라고 생각했었다. 문학관 직원으로 살아가게 되리라고 생각한 적은 한번도 없었다. 이건 그가 꿈꾸었던 인생이 아니었다. 그래도 그는 이게 도저히 나쁜 삶이라고 생각할 수가 없었다.

그 친구 장례식장에 다녀와서 꼬박 하루 내내 잠만 잤어요. 깨어나 보니 한밤중이었죠. 그런데 문득 창밖을 바라보니까 어떤 남자가 내 집을 올려다보고 있는 거예요. 그이는…….

그녀는 얼굴을 찡그렸다. 징그러운 걸 본 사람처럼. 그녀의 눈가에 주름이 졌다. 하지만 그녀가 본 건 징그러운 게 아니었다. 그녀가 본 건 그냥 검정색 수트와 검정색 페도라를 착용한 남자였다. 그 남자의 뒷모습이었다. 그러니까 그 남자가 그녀의 집을 올려다보고 있다고 말할 수도 없었다. 그냥 느낌이 그렇다는 거였다. 다음 날에도 그 남자의 뒷모습이 보였다. 그녀가 밖으로 나가자 그가 빠르게 걷기 시작했다. 그녀는 남자를, 아니 남자의 뒷모습을 쫓았다. 키가 작았다. 160센티미터 정도. 수트를 타고 흐르는 몸의 곡선이 부자연스러워 보였다. 구체관절인형에 옷을 입혀 놓은 것처럼 걸음걸이도 부자연스러웠다. 그 남자는 절대 그녀에게 얼굴을 보이지 않았다.

그렇게 걷다가 보면 문득 그 남자의 뒷모습은 사라져 있어요. 그리고 나는 어딘가에 있죠. 그는 그러니까 일종의 안내자 같은 거예요.

어딘가에 있다, 그는 그 문장을 곱씹었다. 그녀는 이제껏 불행 수집가를 세 번 만났다. 세 명 중에 한 명은 여자였다.

세 명?

모두 다른 사람들이었어요. 그들은 어딘가 열린 문 건너편에서, 계단참에서, 불이 켜진 골목에서 나를 기다리고 있어요. 그 여자는 새벽녘에 컨테이너 하우스의 현관 앞 난간에 가만히 앉아 있었죠. 지치고 슬퍼 보였죠. 고립된 것처럼.

그녀가 다 피운 담배꽁초를 그에게 주었다. 그는 그걸 주머니에 집어넣었다. 그는 새 담배를 꺼내 그녀에게 건넨 후 불을 붙여주었다.

불행 수집가가 뭘 해주죠?

그가 물었다.

불행을 수집해 가죠.

그래요?

그렇답니다.

그녀가 웃었다.

그들이 정말 당신의 불행을 가지고 간 게 맞아요? 그걸 어떻게 알아요?

그녀는 잠시 생각에 빠진 것 같았다. 잠시 후, 그녀가 물었다.

이봐요, 당신은 무언가 교환해본 적이 없어요? 무언가를 누군가와 주고받은 적이 있어요?

아마, 그도 무언가를 교환해본 적이 있을 것이다. 그는 그런 생각을 한 적이 있다. 그와 알고 지낸 사람들은 모두 잘 되었다고. 이상하리만치 그랬다. 그가 스물여섯 살 첫 시집을 냈을 때만 해도 사람들은 모두 그가 그 무리에서 가장 뛰어난 예술가가 되리라고 예상했었다. 하지만 그렇게 되지 않았다. 그를 동경하고 부러워하던 이들은 오히려 지금 그보다 훨씬 더 유명한 시인이 되어 있었다. 화가가 되거나 에세이스트가 된 사람들도 있다. 그는 일이 어떤 식으로 흘러가는지 몰랐다. 그래도, 사랑, 사랑이 있었다. 그는 자신이 사랑을 얻었기 때문에 무언가를 뺏긴 거라고 생각했었다. 그게 너무 한심하고 격정적이고 추잡

하고도 아름다운 단 한 번의 사랑이어서, 그 대가로 자신의 행운을 다른 이들에게 다 나누어주게 된 거라고. 그는 이제 그 시절 알고 지내던 사람들과 연락을 하고 지내지 않았다. 그들 혹은 그 시절과 절연했다. 하지만 그 대가로 그는 무엇을 받았을까?

그런 거죠.

그녀가 마치 그의 생각을 다 안다는 듯이 말했다. 습기를 머금은 초여름 밤의 바람이 불어왔고 문학관 정원의 개구리들이 울기 시작했다.

그들은 내 불행을 가져가고, 그리고 또 무언가를 가져가요. 그게 룰이에요. 그게 불행 수집가와 **교환**하는 방식이에요.

불행 수집가가 무얼 가지고 갔죠?

몰라요.

몰라요?

불행 수집가가 내게서 가지고 간 불행이 무언지 난 몰라요. 하지만 난 검은 수트와 검은 페도라를 착용한 안내자의 뒷모습을 하염없이 기다려요. 그리고 그가 나타나면 무작정 따라

가는 거예요. 어쩔 수 없어요. 그건 정말이지 어쩔 수 없는 일이에요. 그리고 이 부분이 가장 웃기고도 무서운 부분인데,

그녀가 잠시 말을 멈췄다. 바람 때문에 그녀의 머리칼이 헝클어졌다. 그녀가 자신의 머리카락을 귀 뒤로 넘겼다.

그들이 불행과 더불어 무얼 내게서 가져가는지는 모르는 거예요.

그는 이상하게 머리끝까지 화가 났다. 너무 화가 나서 그녀의 어깨를 잡고 흔들고 싶어졌다. 하지만 그래선 안 된다는 것도 알고 있었고, 그 정도 인내심도 남아 있었다. 그녀가 담배 연기를 후, 하고 내뱉었다. 어째서인지 그녀의 소매 끝이 풀려 있었다. 다시 **묶어주는** 걸 그녀가 원하는지 그는 궁금했다. 하지만 묻지 않았다. 그들은 함께 벽을 보고 서서 전나무 너머로 펼쳐진 어두운 하늘과 커다란 달을 바라보았다. 개구리 울음소리가 아까보다 더 커졌다. 그는 다행이라고 생각했다. 고요 속에 그들이 덩그러니 남겨지지 않아서 다행이라고 생각했다. 그녀는 들고 있던 작은 가방에서 립스틱을 꺼내 거울도 보지 않고 능숙하게 발랐다. 그리고 립스틱을 가방에 다시 집어넣은

후 그에게 물었다.

이봐요, 내 말 믿어요?

그가 대답했다.

아니요.

믿으면 바보죠. 그냥 웃자고 한 소리예요.

그녀가 쓸쓸하게 웃었다.

알고 있어요.

담배 고마웠어요. 안녕.

그녀가 신은 하이힐 소리가 멀어져 가고 어디선가 차에 시동을 거는 소리가 들렸다. 잠시 후 거기에는 그 혼자만이 남게 되었다. 그곳에 홀로 남는 건 그에겐 익숙한 일이었는데, 이상하게도 그 순간 그는 자신이 고립되었다고, 이 세계와의 끈이 끊어졌다고 느꼈다. 그래도 그 삶이 나쁜 것이라고는 도저히 생각되지 않았다.

시간이 조금 흐른 후에 그는 여자 친구를 사귀게 된다. 여자 친구는 가끔 그의 사택에 숨어 들어와 함께 잠을 잤다. 그는

여자 친구에게 불행 수집가에 대한 이야기를 한 적이 있다.

어둠 속, 어딘가에서, 끝도 없이 누군가를 기다리고 있는 사람들이 있어. 불행을 가져가려고. 그리고 또 다른 무언가를 가져가려고.

여자 친구는 그건 말이 안 된다고 대답하면서 그의 엉덩이를 움켜잡았다. 그리고 이렇게 물었다.

당신은 지금 불행해? 행복해?

이제 그는 서른아홉 살이 되었다. 그의 여자 친구는 이미 몇 년 전 그를 떠났다. 여자 친구는 마지막에 그에게 그렇게 질문했다. 당신 지금 불행해?

그가 여자 친구를 밀어낸 거나 마찬가지다. 그는 자신이 실수를 했다고 생각했다. 하지만 그건 그렇게까지 치명적인 건 아니었다. 그저 계단의 수를 잘못 센 것뿐이었다. 올라갈 계단이 더 있는 줄 알고 발을 내디뎠는데, 혹은 내려갈 계단이 더 있는 줄 알고 발을 디뎠는데 아무것도 없어서 발을 헛디딘 거였다.

여전히 그녀는 티브이에 나온다. 노래를 부른다. 티브이에서 그녀를 볼 때마다 그는 그녀에게서 무언가가 자꾸 사라져 간다고 느낀다. 그녀의 턱은 더 이상 얼굴에서 도드라져 보이지 않는다. 이제 그녀의 얼굴은 균형이 완벽해졌다. 몸은 좀 더 말랐다. 나이가 들었지만, 피부는 더 매끈해진 것 같다. 그리고 그녀의 목소리. 마음속의 무언가를 헤집어 놓고 흩어지게 만들었다가 처음과 다른 형태로 만들어 다시 마음속에 밀어 넣던 그 목소리는 이제 그저 공기의 진동, 다른 가수들보다 조금 더 정교한 그런 진동 그 이상도 이하도 아니다. 그는 그게 자신만이 느끼는 감정인지 다른 사람들도 똑같이 느끼는 감정인지 궁금하다. 하지만 아무에게도 묻지 않는다. 물어볼 수가 없다.

그리고 여전히 그는 문학관에서 일을 한다. 부정한 일을 저지르지만, 그건 그를 위한 게 아니다. 그는 그저 부속품에 불과하니까. 한밤중에 잠에서 깨어날 때가 있다. 그러면 그는 이 년 전 그녀가 나타났던 그곳에 가서 담배를 피운다. 벽 위로 길게 진 그림자. 짙은 어둠과 조금 더 짙은 어둠이 있다. 명도의 차이, 숫자로 치면 그건 아무것도 아니다. 하지만 실제로는 그 차이가 이루 말할 수 없을 정도로 크다는 걸 그는 안다. 밤하늘의 별, 이상할 정도로 커다란 달, 가끔 운이 좋으면 혜성을 본다. 그는 그녀가 그날 밤에 왜 자신 앞에 나타났는지에 대해 생각한다. 교환에 대해 생각한다.

그는 거기에 서서 눈을 감는다. 그러면 반쯤 열린 문이 꿈처럼 눈앞에 떠올랐다. 그는 그 너머에 무엇이 있는지 궁금하다. 때때로 어둡고 지저분한 골목이 보일 때도 있다. 깨진 창문과 낡아빠진 건물 사이로 쓰레기봉투가 널려져 있다. 방수포로 싸놓은 무언가도 보인다. 그는 그게 버려진 냉장고일 거라고 생각한다. 순간 골목에 불이 탁, 하고 켜진다. 그러면 그곳은 믿을 수 없이 아름답게 보인다. 멀리서 본 사람들은 한동안 넋을 놓고 바라볼지도 모르지. 하지만 그는 그게 눈속임이라는 걸 안다. 그는 어둠에 잡아먹힌다는 말을 믿지 않는다. 그는 빛에 잡아먹히지 않으려고 애를 쓴다. 그는 자신이 지금 살아가는 삶이 나쁜 삶이라고는 도저히 생각할 수가 없다. 마침내 천천히, 그가 눈을 뜬다. 그는 자신이 무엇을 기다리는 중이라고 생각한다. 그게 무엇인지도 모르면서 그는 하염없이 그것을 기다린다.

시간 여행

어느 날, 그녀는 티브이에서 방송하는 음악 프로그램에 나온 아이돌을 보며 생각했다.

"어쩌면 저렇게 노래도 잘하고, 얼굴도 잘생기고, 춤도 잘 추는 걸까?"

얼굴이 아주 조그마하고 턱선이 날렵한 아이돌은 카메라를 보고 귀엽게 웃고 있었다. 그녀는 서른 살이었고, 그 전에는 한 번도 연예인을 좋아한 적이 없었다. 그날 밤 그녀는 애인과 섹스 후 침대 위에서 속옷만 입은 채 담배를 나눠 피우다가 말했다.

"자기, 난 아주 근사한 남자를 알게 되었어."

"뭐라고?"

"정말 근사한 남자야."

"음, 그래?"

"흠, 그래."

모든 사정을 알게 되었지만 그녀의 애인은 별로 대수롭게 여기지 않았다. 상대가 아이돌인 데다가 무엇보다 그녀의 나이는 서른 살이었다. 그래서 그녀의 애인은 이렇게 말했다.

"자기의 사랑을 응원할게."

그다음 날 아침에 잠에서 깼을 때, 그녀는 생각했다.

"맙소사, 난 정말 사랑에 빠졌어."

양치질을 하면서도, 아침 식사를 하면서도, 그녀는 아이돌을 떠올리고 있었다. 아이돌 생각에 빠져 운전을 하다가 사람을 칠 뻔했다.

그녀는 정부 기관에서 근무했다. 하는 일은 비교적 간단했다. 결재가 이루어진 지방 기관에 예산을 송금해주는 게 전부였다. 이제껏 그녀는 사소한 실수조차 한 적이 없었다. 그런데 이제 그녀는 매일 아이돌 생각에 빠져 있었기 때문에 실수 대마왕이 되었다. P시는 바닷물 방지턱을 만들기로 했는데, 그녀가 예산을 보내는 것을 깜빡했기 때문에 바닷물을 막을 수 없었고, 어느 날 밤 바닷물이 해변가 근처의 놀이공원을 다 쓸어가버렸다. 결국 P시에는 관광객이 아무도 방문하지 않게 되었다. C시는 대나무 숲을 만들기 위한 예산을 신청했는데, 그녀는 너무 많은 돈을 송금해버렸다. 대나무 숲 만들기 책임자는 계산도 제대로 해보지 않고 그 돈으로 모두 대나무를 사서 도시에 심기 시작했고 결국 도시 절반이 대나무로 가득 차버렸다. Q시는 염화칼슘을 살 돈을 신청했는데 원래 필요한 염화칼슘의 절반밖에 구입할 수 없었다. 눈이 엄청 많이 온 날, 많은 사람들이 길에서 넘어져 다리가 삐거나 팔에 멍이 들었고, 차가 미끄러져서 많은 사람들이 다치거나 죽었다.

사정이 이쯤 되자 그녀의 애인은 이 사태에 대해 어느 정도의 책임감을 느끼기 시작했다. 어느 날 밤 그녀의 애인은 그녀를 고메 식당으로 불렀다. 이번에 그는 제대로 수트를 차려입고 로퍼를 신었다. 그리고 우아하게 샤토 마고를 마시면서, 진지하게 이야기를 시작했다.

"자기야, 이제 아이돌 따위를 사랑하는 거 그만둬."

"뭐라고?"

"이제 그만둬야 해."

"흠, 그래?"

"음, 그래."

하지만 그녀는 그렇게 할 수가 없었다. 이유는 알 수 없지만 그만두라는 말을 듣고 난 후 그녀는 오히려 더 큰 사랑에 빠졌다. 그리고 동시에 너무나 큰 슬픔을 느꼈다. 그녀는 그런 식으로 슬픔에 빠진 적이 없었다. 그녀는 그다음 날부터는 회사에도 나가지 않고, 밥도 먹지 않고, 잠도 자지 않고, 자신의 침대에 누워서 슬픔 속을 허우적거렸다.

어느 날 그녀의 애인은 신문 한쪽 귀퉁이에서 무언가를 발견했다. 거기에는 개미 눈곱만하게 실린 광고가 있었다. 그는 돋보기를 찾았다. 거기에는 이렇게 적혀 있었다.

"〈타임 레볼루션〉―당신의 시간 여행을 도와드립니다."

그녀의 애인은 그녀가 미래로 가야 한다고 생각했다. 미래로 가서 할아버지가 된 아이돌을 본다면―머리가 벗겨지고, 배가 불룩 나오고, 치아가 다 빠진 모습을 본다면―더 이상 아이돌을 사랑하지 않을 것이다. 그녀 역시 이 계획에 찬성했다. 그녀는 더 이상 얼빠진 사랑 때문에 슬픔에 빠져 있고 싶지 않았다.

그녀의 애인은 상향 에스컬레이터를 다섯 번 타고, 하향 에스컬레이터를 일곱 번 탔다. 구름다리를 세 번 건넜고, 낮은 건물의 지붕 열일곱 개를 건너뛰었으며, 일곱 개의 강을 건넜다. 마지막으로 세 개의 골목을 거쳐서 〈타임 레볼루션〉에 도착했다. 건물은 엄청나게 컸는데, 현관문은 무척 작았다. 하지만 일단 현관문을 통과하자 엄청나게 높은 천장이 보였다. 약 100미터 끝에 양 눈 끝이 치켜 올라갈 정도로 머리를 꽉 묶은 여성이 마호가니 책상에 앉아서 만년필로 무언가를 열심히 쓰고 있었다.

"나는 내 애인을 미래로 보내고 싶어요."

"애인만요? 당신은?"

"물론 나도 함께."

"돈은 준비되셨나요?"

"얼마나 필요합니까?"

"몇 년 후로 가시려고요?"

"육십 년 후로."

눈 끝이 올라간 여자는 계산기를 두드렸다. 그녀의 애인은 그 여자의 기다랗고 매력적인 손가락을 바라보며 물었다.

"위험하진 않소?"

"위험이 따르지 않는 일은 없어요."

그 여자는 계속 계산기를 두드리며 대답했다. 잠시 후 여자는 놀랍다는 듯이 한숨을 쉬었다.

"휴우, 이건 장난이 아니네요."

"나도 장난이 아닙니다."

여자는 싱긋 웃으며 엄청나게 긴 숫자가 적힌 종이를 그녀의 애인에게 건넸다. 그녀의 애인은 그 여자의 깊은 눈을 바라보며 대답했다.

"둘 다 갈 순 없겠군요."

"흠, 그래요?"

"음, 그래요."

그녀의 애인은 자신의 집을 저당 받아 은행에서 돈을 빌렸다. 그리고 드디어 그녀를 미래로 보냈다.

정신을 차렸을 때, 그녀는 자신이 맨발이라는 것을 알았다. 시간 여행을 하는 동안 그녀의 디올 플랫 슈즈가 사라져버린 것이다. 그건 정말이지 그녀가 아끼는 것이었다. 그녀는 자신의 부주의함을 원망하며 주위를 둘러보았다. 앞뒤 동서남북이 모조리 잔디밭이었다. 햇볕이 아주 좋았고, 그녀의 그림자가 잔디밭 위로 길게 걸쳐졌다.

"그런데 아이돌은 어디에 있는 걸까? 누군가 그곳을 보여준다면 좋을 텐데."

그녀가 그렇게 혼잣말을 한 순간, 갑자기 그녀의 눈앞에 새로운 풍경이 펼쳐졌다.

누군가 그녀 바로 앞에, 그녀의 긴 그림자 바로 옆에 앉아 있었다. 그녀는 그가 아이돌이라는 것을 곧바로 알아차렸다. 육십 년 후의 아이돌. 검정색 중절모를 쓰고, 검정색 넥타이를 매고, 검정색 수트를 입고, 검정색 선글라스를 끼고, 다리를 꼰 채로 낡은 의자에 앉아서 무언가를 읽고 있었다.

분명히 그는 늙은이가 되어 있었다. 비록 배는 나오지 않았고, 대머리가 되지도 않았고, 치아도 건강했지만 그는 분명히 늙은 남자에 불과했다. 늙은 아이돌은 문득 고개를 들어 그녀를 바라보았다.

"내가 비켜주기를 바라오?"

그녀는 그의 뒤에 있는 빨간색 주단이 깔린 계단을 힐끗 보고 대답했다.

"오, 아니요. 제가 옆으로 비켜 가면 돼요."

"그래요, 그럼 행운을 빌겠소."

선글라스 너머로 보이는 늙은 아이돌의 눈은 다시 책으로 향했다.

"무슨 책을 읽고 계세요?"

"나는 생각에 잠겨 있소."

"오, 난 (그녀는 호칭 때문에 약간 뜸을 들이다가 말을 이었다) 할아버지가 하시는 생각이 뭔지 알 것 같아요."

"그렇다면 알아맞혀 보시오."

"옛날 생각을 하고 계시겠죠."

"그럴 것 같소?"

"흠, 그래요."

"음, 그렇군."

그녀는 늙은 아이돌 옆으로 지나쳐서 빨간 주단이 깔린 철제 계단을 천천히 올랐다.

그녀는 갑자기 이제껏 느꼈던 슬픔보다 훨씬 더 큰 슬픔을 느꼈다. 슬프다 못해 마음이 무척 아파왔다. 왜냐하면 그녀의 아이돌은 비록 늙었지만, 여전히 엄청나게 멋있었기 때문이었다.

"제기랄."

그녀는 몇 걸음 가지 못하고 주저앉아서 펑펑 울었다.

아보카도의 진실

　십오 년 전에, 그러니까 우리가 여대에 다니던 스무 살짜리 여자애였을 때는 이른바 신체적 나약함이 명백한 부러움의 대상이었다는 점을 고백해야겠다. 그 당시 제이는 그 분야—신체적 나약함—에서 독보적인 위치를 차지하고 있었다. 그녀는 몸이 비쩍 마르지도, 목소리가 조그맣지도, 피부가 창백하지도, 키가 작지도 않았다. 그녀의 키는 165센티미터를 넘었고, 팔과 다리는 포동포동했으며, 목소리도 컸다. 하지만 분명히 제이의 신체는 우리 가운데 그 누구보다 나약했다. 그녀의 나약함은 겉모습에 속해 있는 게 아니라 그녀의 신체 내부로부터 뿜어져 나오는 것, 그녀의 피와 살과 호르몬 등등과 관련이 있는 것이었다. 요컨대 제이는 온갖 것에 알레르기가 있었다. 그녀는 극장에 갈 때마다 자신이 앉을 자리에 뿌릴 바퀴벌레 알 퇴치제를 들고 왔다. 그녀는 진저리를 치며 우리에게 말하곤 했다.

"얘들아, 그 의자에 바퀴벌레 알이 얼마나 많은 줄 알아? 내 온몸에 두드러기가 난다고!"

그녀는 화장품의 유해 성분을 체크했고, 식당에서는 직원을 불러 음식의 식재료를 꼼꼼하게 체크했다. 그래서 가끔 그녀는 나이에 맞지 않게 꼬장꼬장해 보이기까지 했는데 우리는 그런 그녀의 태도 역시 부러워했다. 그녀는 땅콩이나 갑각류, 유제품과 꽃가루는 물론, 고양이에게도 알레르기가 있었다. 우리는 대학을 졸업하고 몇 년 동안 연락을 주고받았지만, 최근 몇 년 동안은 자연스럽게 연락이 끊어졌다. 나는 몇 년 전에 우연히 길에서 제이를 만난 적이 있는데, 그녀는 훤칠하게 생긴 남자와 함께 있었다. 그녀는 내게 속삭이듯이 말했다.

"곧 그만 만나야 할 것 같아. 난 벼룩 알레르기가 있는데, 저 남자 옷에 벼룩이 있는 것 같거든."

제이와 나는 전화번호를 교환했지만, 서로에게 연락을 하지는 않았다.

지난 몇 년 동안 나는 이런저런 일을 겪어온 탓에 약간 기진맥진했고 몇 달 전에는 문득 내게 진정으로 필요한 것은 우정이라고, 그러니까 진정한 사람들과의 관계라는 생각을 하게 되었다. 친구들을 불러 모으는 게 마치 내게 부과된 지상 과제처럼 느껴지기 시작했다. 연락이 닿을 만한 사람들을 수소문한 결과로 우리는 아주 오랜만에 모이게 되었다. 나는 대학 친구들을 집으로 초대하기로 했고, 약간 무리가 가는 지출을 감행했다. 친구들은 내 집과 식탁 위 음식을 보고 감탄했다. 제이는 여전히 여러 가지 알레르기를 달고 살고 있다고 말했다. 그녀는 계속 얼굴을 긁어댔는데 나를 비롯한 그 누구도 그녀의 신체적 나약함을 부러워하는 사람은 더 이상 없다는 것을 깨달았다. 왜냐하면 우리들은 이제 나이를 먹었고, 신체적 나약함은 숨겨야 하는 것, 일종의 약점이 되었기 때문이다. 누군가 제이가 어렸을 적부터 알레르기를 달고 산 건 운동 부족 때문일 거라는 말을 했고, 다른 누군가는 면역력을 높여준다는 약

들을 추천해주었다. 나는 어쩐지 제이가 낙담한 것 같다고 느꼈고, 그녀의 기분을 맞춰주려고 마치 고해성사를 하듯이 말했다.

"나도 사실 알레르기가 생겼어."

친구들의 시선이 내게 쏠렸다.

"무슨?"

"아보카도."

"아보카도?"

"응, 몇 달 전부터 아보카도를 먹기만 하면 몸이 아파."

"나이가 드니까 별일이 다 생기는구나."

나는 제이를 흘긋 보았는데 내 예상과 달리 제이는 완전히 충격을 받은 표정으로 입을 굳게 다물고 있었다. 얼마나 어금니를 세게 깨물고 있던지 나는 그녀의 이에서 피가 날까 봐 걱정이 되었다.

"제이는 아보카도 알레르기는 없지?"

누군가 물었다. 제이는 서서히 원래의 표정을 되찾으려고 애를 썼고, 결국 평정심을 되찾고는 빙그레 웃으며 대답했다.

"세상에, 나도 그래. 나도 아보카도 알레르기가 생겼어. 그것도 아주 오래전에 말이야."

"그래?"

나는 제이가 방금까지 맛있게 먹은, 식탁 위에 있는 아보카도 연어롤을 바라보았다. 제이를 제외한 우리들은 눈빛을 교환했다. 하지만 우리 가운데 그 누구도 그녀에게 "너 방금까지 아보카도를 아무렇지도 않게 먹었어"라고 말하지는 않았다. 우리는 다른 주제―피터와 필라테스―로 넘어갔고 늦게까지 놀다가 헤어졌다. 그날 밤 이후로 우리가 다시 만난 적은 없다.

나는 가끔 이런 궁금증이 든다. 그날 밤 왜 우리는 아무도 제이에게 그런 지적을 하지 않았을까? 나는 처음에는 우리가 이 세상 누군가 한 명쯤은 자신을 한때 특별하게 만들어주었고 자신에게 이루 말할 수 없는 쾌락을 준 것을 여전히 손에 꼭 쥐고 있기를 바라서일 거라고 추측했었다. 그게 일견 우스꽝스럽거나 어리석어 보일지라도 말이다. 하지만 그다음에는 이런 생각이 들었다. 그날 밤 그녀에게 다른 말을 하지 않은 건, 우리가 그저 다른 사람의 어떤 부분을 똑바로 바라보고 그

것에 대해 언급하는 것조차 더 이상 견디지 못하는 그런 사람

들이 되었기 때문이리라고.

잃어버린 것은 그저
잃어버린 것으로

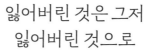

분실물 찾기의 대가 1

그날 밤 당신이 잃어버린 것

몇 년 전까지만 해도 나는 세계를 누비며 여러 가지 사건을 해결해낸 유능한 탐정이었다. 믿기 어려울지 모르지만 정말 그 랬다. 기차에서의 화끈한 추격전은 물론, 범인을 잡기 위해 아 우토반 위를 쌩쌩 달린 적도 있고 훈장을 받은 적도 있다. 하지 만 다 옛날이야기다.

현재의 나는 8평짜리 작은 사무실 겸 집에 머물고 있다. 가 구는 단출하다. 싸구려 침대, 에스프레소 머신, 일인용 소파 두 개, 커피 테이블 위에는 탁상시계와 크리넥스 티슈 박스. 아, 그 리고 세인트버나드도 한 마리 함께 살고 있다. 의뢰인들은 언제나 이 개를 보고 똑같은 말을 한다.

"왜 이렇게 슬퍼 보이나요?"

지금 내 앞에 앉아 있는 의뢰인도 똑같은 말을 하는 중이다. 그녀는 하얀색 코튼 셔츠와 허벅지 중간까지 내려오는 진 스커트를 입고 있다. 아, 똑같은 말, 이라고 표현하는 건 그녀에게 실례가 될지도 모르겠다. 왜냐하면 그녀는 정확하게 이렇게 말했기 때문이다.

"왜 커다란 개들은 다 슬퍼 보이는 걸까요?"

나는 분실물 찾기 전문이다. 그녀는 일주일 전, 리모컨을 잃어버렸다고 했다. 이건 비교적 특수한 상황이다. 대부분의 리모컨 분실자들은 적어도 사흘 안에는 나를 방문하기 때문이다. 거의가 그 이상 견디지를 못한다.

"그런데 정말 저희 집을 방문하지 않으셔도 리모컨을 찾아줄 수 있으신가요?"

"대부분은 그렇습니다만, 사건의 경중에 따라 제가 현장을 직접 봐야 할 수도 있죠."

그녀는 고개를 끄덕인다. 나는 에스프레소를 한번에 꿀떡

삼킨 후, 그녀에게 마지막으로 리모컨을 사용한 날에 대해 이야기해달라고 말한다.

"저는 옛날 영화를 보고 있었어요. 케이블 채널에서 해주는 그저 그런 영화요. 처음부터 본 것도 아니고요. 그냥 틀어놨죠."

"혼자서요?"

"네, 남자 친구가 오기로 했는데 일이 바빠서 약속을 지키지 못했어요."

나는 고개를 끄덕이며 말했다.

"영화의 내용을 떠올려보시죠."

그녀가 영문을 모르겠다는 표정으로 되물었다.

"내용이 중요한가요?"

"글쎄요. 때에 따라서는."

"어떤 여자에 대한 이야기였어요. 서커스단에서 일하는 코끼리 사육사였죠. 서커스 단장이 사육사를 사랑한 거예요. 하지만 사육사는 단장에게는 관심이 없었어요. 왜냐하면 그 여자는 코끼리에게 약간 미쳐 있었거든요. 그녀는 대부분의 시간을

코끼리와 함께 보냈어요. 구애에 실패한 단장은 분노와 슬픔에 차서 코끼리와 그녀 사이를 이간질했죠. 아, 단장은 코끼리 언어를 할 수 있는 사람이었거든요. 어쨌든 단장에게 속아 넘어간 코끼리는 그녀의 오른쪽 종아리를 코로 때렸어요. 그 바람에 그녀의 다리가 골절되었죠. 그녀는 코끼리 언어를 몰랐기 때문에 그 모든 게 단장의 술수라는 걸 알지 못했어요. 그녀는 마음의 상처가 너무 커서 서커스단을 떠나버려요. 깁스를 한 채, 다리를 절뚝거리면서요. 단장은 그 사실을 알고 후회하며 큰 소리로 울죠. 코끼리도 함께요."

나는 속으로 아, 정말 괴상한 내용의 영화로군, 이라고 생각하지만, 입 밖으로 꺼내지는 않는다.

"그걸 보면서 무슨 생각을 했죠?"

그녀는 잠깐 생각에 잠긴다.

"그 여자의 다리가 골절되었을 때, 그 아픔에 공감했죠. 왜냐하면 저도 다리가 부러진 적이 있거든요. 사람들은 다리가 부러지는 경험이 굉장히 흔하다고 생각하지만, 실제로 그렇지 않은 거 알고 있어요? 저만 해도 주위에 다리가 부러져본 사람은 저밖에 없거든요."

"다리가 왜 부러졌는데요?"

"지난해 겨울에요. 다리가 부러져서 깁스를 한 채로 꼼짝없이 집에 머물러야 했어요. 아시다시피 지난겨울에 눈이 많이 와서 길이 항상 얼어 있었으니까. 하지만 나쁘지 않았어요. 간만에 휴식을 취한다고 생각했거든요."

그녀가 어깨를 한번 으쓱거린다. 나는 그녀에게 영화를 다 본 후에는 뭘 했느냐고 묻는다.

"영화를 다 본 후에는 남자 친구에게 전화를 걸었지만 통화를 하지 못했어요. 그가 무척 바쁜 모양이라고 생각했죠. 그리고 저는 잠이 들었어요. 잠들기 전에 전 항상 티브이의 음소거를 하고 30분 후에 꺼지도록 타이머를 설정해놓아요. 그런데 그날 새벽에 잠에서 깼을 땐 타이머가 작동하지 않았나 봐요. 티브이가 그대로 켜져 있었거든요. 모든 정규 방송이 끝나고 화이트 노이즈만 화면에 가득했죠. 그이에게 한 번 더 전화를 걸었지만, 역시 통화를 하지는 못했어요. 저는 침대에 일어나 앉아서 한동안 티브이 화면을 바라보고 있었어요."

그녀는 스커트 아래로 드러난 자신의 다리를 바라본다. 마치 완전한 타인의 신체를 쳐다보는 것처럼. 그리고 불쾌한 걸 본 사람처럼 미간을 찌푸렸다. 나는 의뢰인이 어둠 속에 앉아 있는 모습을 떠올려본다. 티브이 속을 가득 채운 작은 점들의 끝도 없는 움직임을 바라보는 그녀의 뒷모습.

"제가 좀 멍청이 같죠?"

그녀가 말한다. 나는 그녀 쪽으로 크리넥스 티슈 박스를 밀어준다. 가끔 이런 경우가 있다. 분실물에 대한 이야기를 하던 의뢰인이 눈물을 터뜨리는 일 말이다. 그녀에게 굳이 리모컨이 침대와 벽 사이에 끼어 있을 거라는 말을 할 필요는 없으리라. 흔하디흔하게 구할 수 있는 게 바로 그러한 리모컨이니까. 나는 그저 그녀를 기다린다. 덧붙이자면, 나는 그녀가 멍청이라고 생각하지 않는다. 오히려 나는 그녀가 아주 똑똑하다고 생각한다.

"이제 가야겠어요."

마침내 그녀가 고개를 들고 내게 말한다. 어쩌면 나는 분실물 '찾기' 전문이 아니라, 오히려 분실물 '발견하기' 전문인지도 모른다. 결국은 그게 그거겠지만. 그녀는 작은 가방에서 사례금을 꺼내 내게 건넨다. 사무실을 나가기 전에 그녀는 허리를 굽혀 내 개의 머리를 부드럽게 한번 쓰다듬는다. 그런 후에 나를 보며 이렇게 말한다.

"이 애, 배가 고픈 것 같아요."

과연 그녀는 나보다 훨씬 더 똑똑한 사람이군, 나는 혀를 내두르며 엄청나게 큰 그릇에 사료를 수북이 담아 내 개에게 가져다준다.

분실물 찾기의 대가 2

웨딩 앨범의 행방

그들이 나를 찾아온 건, 자정이 다 되어갈 무렵이었다. 여자는 11시 30분에, 남자는 11시 32분에 각각 내 집 겸 사무실의 초인종을 눌렀다. 러그 위에 누워 있던 큰 개가 초인종 소리에 문 쪽을 잠깐 바라보고 관심이 없다는 듯이 다시 드러눕는 걸 두 번 반복했다. 새벽이든, 밤이든 고객이 찾아오는 건 언제나 환영할 만한 일이다. 게다가 나는 밤잠도 없으니까, 나쁘지 않다. 하지만 문제는 그들의 원래 약속 시간이 밤 11시라는 점이었다. 그들이 방문 시간을 지키지 않은 것에 대해 불평하는 게 아니다. 중요한 건 둘이 어떤 과정을 거쳐서 결국 약속 시간이 밤 11시가 되었고, 그마저도 그런 식으로 어기게 되었느냐는 점이다. 요컨대 그들은 서로에게 자존심을 내세우고 있는 것이다.

"그러니까, 이혼을 하실 때, 누가 웨딩 앨범을 가져가도 좋은지에 대해 이야기를 나누고 싶다는 건가요?"

"네, 그러니까 일단은 그걸 먼저 찾아야 하겠지만 말이에요."

여자가 변명하듯이 말했다. 여자는 카키색이 감도는 라운드넥 울 코트에 살이 약간 비치는 검정색 스타킹을 착용하고 버건디색 하이힐을 신고 있다. 한눈에도 좋은 가죽으로 만들어진 신발이라는 걸 알 수 있었다. 약간 차가운 인상이었지만, 웃을 때는 순진한 구석도 엿보였다. 다분히 의식적으로 여자와 떨어져 앉은 남자는 검정색 캐시미어 코트를 입고 있었다. 그의 발 옆에는 고급 가죽 수트케이스가 얌전하게 놓여 있다. 완고해 보이기도 하지만, 동시에 좀 소년 같은 면이 있을 것 같기도 한 얼굴. 이 두 남녀는 절대 말을 섞지도, 얼굴을 바라보지도 않았다. 둘 다 삼십 대 후반이고 결혼한 지는 햇수로 칠 년째라고 했다. 이혼을 앞두고 별거 중이며, 공동으로 소유한 재산을 리스트로 만든 후에 그걸 딱 절반으로 나누는 과정에 있다고도 했다. 그런데 웨딩 앨범을 아무리 찾으려고 해도 찾을 수가 없다는 거였다. 그리고 (이게 진짜 이상한 부분인데) 둘 다 웨딩 앨범을 가지기를 원한다는 거였다.

"마지막으로 웨딩 앨범을 본 게 언제입니까?"

내가 질문을 하자, 여자와 남자는 동시에 당황한 표정을 지었다. 하지만 절대 서로의 얼굴을 바라보지는 않았다. 마치 서로를 보면 돌로 변하기라도 한다는 듯이.

"그게 중요한가요?"

남자가 물었다.

"그럼요, 중요하죠."

여자가 미간을 찌푸리더니 약간 곤란하다는 듯한 표정을 지었다.

"글쎄요, 한…… 육 년쯤 전에?"

말을 하고 난 후에는 허탈하다는 듯이 웃었다. 역시 미소를 지을 때는 약간 순진해 보이는 면이 있었다. 나는 고개를 끄덕거리고 잠시 동안 생각에 잠겼다. 흠…… 웨딩 앨범을 대체 왜 가지기를 원하는 거지? 남자가 초조한지 손깍지를 낀 채로 다리를 떨었다.

"여기에 와보자고한 분이 누구신가요?"

"저예요."

여자가 대답했다.

"그렇군요, 그런데 어째서 두 분 다 웨딩 앨범을 가져가고 싶어 하는 겁니까? 지난 몇 년 동안 보지도 않으셨다면서 말입니다. 더군다나 이혼하면 필요도 없어지는 물건 아닙니까?"

나는 일부러 약간 도발하듯이 말했다. 남자는 팔짱을 끼고 소파에 깊숙이 몸을 기댄 채, 고개를 뒤로 젖혔다. 여자는 가방에서 가죽으로 만들어진 담배 케이스를 꺼냈다. 나는 여자 쪽으로 재떨이를 밀어주었다. 여자가 담배를 한 모금 빨아들인 후 입으로 연기를 뿜었다. 러그 위의 큰 개가 끙, 하면서 고개를 반대로 돌렸다. 여자가 심술궂은 말투로 이야기했다.

"이 남자에게 좀 물어봐주시겠어요? 저도 정말 궁금하거든요. 왜 갑자기 그걸 가져가지 못하면 큰일이라도 나는 듯이 구는 거냐고요."

남자가 못 들은 척하고 있었기 때문에 나는 여자의 말을 반복해야 했다.

"이 여자에게 좀 전해주시겠어요? 내 마음이라고요."

여자도 들은 체를 하지 않았다. 나는 한숨을 쉰 후, 엄숙한 말투로 이야기했다.

"고객님들의 이야기를 듣는 건 제게 아주 중요합니다. 제 질문이 웨딩 앨범을 찾는 것과 별 관련이 없다고 생각하실 수도 있지만, 힌트는 아주 이상한 곳에 있어요. 분실물들은 정말 말도 안 되는 곳에 동떨어져 있는 경우가 대부분이란 말입니다. 이런 식으로 협조를 안 해주시면 아무것도 찾을 수가 없습니다."

남자는 여전히 팔짱을 낀 채로 천장을 바라보고 있었다.

"죄송해요. 제가 어린아이처럼 굴었네요. 사과드릴게요."

여자가 담배를 재떨이에 비벼 끄며 말했다. 그런 후 어깨를 한번 으쓱하고 이야기를 이어갔다.

"그냥, 잘 모르겠어요. 모든 걸 반으로 나누자는 아이디어를 낸 건 이이였어요(이 말을 하면서 여자는 처음으로 남자의 얼굴을 잠깐 바라보았다. 그리고 당연하게도 여자가 돌로 변하거나 하는 일은 일어나지 않았다). 별거하는 동안 저희가 살았던 아파트와 그 안의 물건들은 정리하기 전까지는 비워두기로 했거든요. 둘 다 나와 살고 있죠. 그리고 일주일에 한 번씩 저희가 살던 아파트에서 만나 그런 것들에 대해 의논을 한 거예요. 근데 이상했어요. 결혼 생활의 마지막 이 년 동안은 정말 지옥 같은 싸움의 연속이었는데, 이혼 준비를 하는 동안 우린 전혀 싸우지 않았거든요. 이제 리스트에 남은 마지막 물건이 웨딩 앨범이에요. 그리고 우리는 다시 싸우는 중이죠."

남자가 엷게 한숨을 쉬었다.

"언제부터 그걸 가지고 싶다는 생각을 했습니까?"

"언제부터요? 그게 중요한가요? 아마도 리스트를 절반쯤 정리했을 때였을 거예요. 웨딩 앨범이 리스트의 가장 마지막에 있는 걸 보고는 그걸 내가 가져야겠다는 생각을 하게 된 거죠."

"남편분(나는 '남편'이라는 단어 말고 다른 걸 찾아보려고 했지만 실패했다)께 그걸 말한 적이 있으십니까?"

이 말을 하면서 나는 남자를 바라보았다. 남자는 일부러 내 말을 못 듣는 척하는 것 같았다.

ⓒ 이보라(PORA) ｜『맨해튼의 반딧불이』 **마음산책**

독자님, 안녕하세요. 마음산책입니다.

잃어버린 7시를 찾아주는 탐정부터 고양이 도둑, 불행 수집가까지. 손보미 작가의 짧은 소설 『맨해튼의 반딧불이』에 등장하는 인물들은 분명 예사롭지 않습니다. 하지만 책장을 넘기다 보면 어느새 깊이 공감하게 됩니다. 원치 않은 결말을 마주하고, 그럼에도 그 삶이 절대로 나쁘기만 했던 건 아니라고 말하며, 어디서부터 무엇이 잘못됐는지 궁금해하면서도 소중했던 한 계절의 기억을 붙잡으려 애쓰는 이들. 모두 불완전한 우리의 모습과 어딘가 닮았습니다. 마음산책의 일곱 번째 짧은 소설 『맨해튼의 반딧불이』에는 이들의 특별한 여정과 더불어 고전 작품을 이어 쓴 이야기, 저자의 단편과 장편 소설의 씨앗이 된 이야기도 수록했습니다. 일러스트레이터 이보라 작가의 개성 넘치는 그림이 짧은 소설 스무 편과 함께합니다. 대사와 장면만으로도 특유의 분위기를 연출해내는 손보미 작가가 초대하는 우아한 사유의 세계, 지금 만나보세요.

마음산책 드림

"지나가는 말로, 한 번 정도요."

여자는 담배 한 대를 입에 물고 불을 붙였다.

"그게 왜 가지고 싶은 건데?"

갑자기 입을 다물고 있던 남자가 못 참겠다는 듯이 입을 열었다. 마치 나의 무능을 탓하기라도 하겠다는 투였다. 여자는 고개를 절레절레 저으며 대답했다.

"잘 모르겠어…… 하지만 그 앨범엔 칠 년 전의 내가 들어 있잖아. 우리가 골랐던 드레스, 기억나? 새벽같이 가서 메이크업을 받았던 그 헤어숍, 그 디자이너 선생님 정말 말이 많았잖아. 온종일 스튜디오에서 사진을 찍었던 날, 내가 얼마나 행복했는 줄 알아?"

여자가 '행복'이라는 단어를 발음할 때, 나는 남자의 표정이 미묘하게 바뀌는 걸 발견했다. 무언가 기대에 찬 표정. 여자가 어떤 말을 하기를 기다리고 있는 것이다. 그게 무슨 말일까? 아, 그 순간 나는 웨딩 앨범 행방의 중요한 단서를 알아냈다. 세상에, 알아냈어. 이건 내가 가장 좋아하는 순간이다. 짜릿한 느낌이 머리부터 발끝까지 순식간에 훑고 지나간다. 나는 너무 들떠 보이지 않으려고 일부러 조용한 목소리로 차분하게 말했다.

"여러분, 알았습니다. 웨딩 앨범이 어디에 있는지 밝혀낼 수 있을 것 같습니다."

하지만 남자는 내 말에는 신경도 쓰지 않은 채, 여자에게 말을 걸었다.

"그럼 넌 그 행복을 되찾고 싶은 거야? 생각해봐, 그 앨범을 가진다고 해서 행복을 되찾을 수 있는 건 아니야. 너가 정말 다시 행복해지고 싶다면……."

"웨딩 앨범의 행방을 찾았다니까요."

나는 그들이 내 말을 못 들었나 싶어서 좀 더 큰 목소리로 말했다. 그들이 깜짝 놀라기를 바랐지만 이제는 여자도 내 말은 듣고 있지 않은 것 같았다. 여자는 고개를 돌려 러그 위에 누워 있는 큰 개를 바라보았다.

"이상해. 큰 개들은 다 슬퍼 보여."

참 나, 여기를 찾아오는 사람들은 늘 저렇게 말을 한다니깐. 내 개는 전혀 슬프지 않은데! 여자는 담배를 케이스 안에 집어넣은 후, 케이스를 잠시 동안 손에 꽉 쥐었다. 그러더니 갑자기 남자 쪽으로 몸을 돌리고, 케이스를 잡지 않은 손으로 남자의 손을 잡았다.

"당신, 기억나? 우리가 드레스를 보러 갔을 때, 내 마음에 든 거랑 자기 마음에 들었던 게 달랐잖아. 결국 난 당신이 좋다고 한 드레스를 골랐어. 물론 당신이 고른 게 가격도 비싸고, 소재도 훨씬 더 고급스러운 거였지. 그렇지만 그때 내 마음을 움직였던 건 그런 게 아니야. 내 마음을 움직였던 건 당신이 했던 말이야."

"내가 뭐라고 했는데?"

남자는 전혀 기억이 나지 않는다는 듯한 표정을 지었다.

"내 마음에 들었던 드레스는 내가 가만히 서 있을 때 너무 아름다워 보이지만, 움직이기 시작하면 그 아름다움이 사라져 버린다고. 하지만 자기가 고른 드레스는 다르다고. 내가 움직일 때 비로소 드레스의 아름다움이 배가된다고."

남자는 여자의 손에서 자신의 손을 빼냈다. 그러고 두 손으로 얼굴을 감쌌다. 여자는 더 이상 남자를 신경 쓰지 않는 것 같았다. 여자는 무척 차분해 보였다. 우아한 몸짓으로 케이스를 가방에 집어넣은 여자는 자리에서 일어나 나를 내려다보며 말했다.

"전, 이제 필요 없어요. 그러니까, 그…… 웨딩 앨범 말이에요. 이제 충분히 알았어요. 하지만 사례금은 드려야 할 것 같아요."

나는 그 돈을 받아도 된다고 생각한다. 어쨌든 난 웨딩 앨범의 행방을 '거의' 알아냈으니까. 여자는 지갑에서 꺼낸 봉투를 건넨 후, 밖으로 나가기 전에 큰 개의 머리를 한번 쓰다듬었다. 큰 개는 끙, 소리를 내며 고개를 옆으로 돌렸다. 한동안 남자는 돌처럼 그 자리에 굳어 있었다. 나는 옆으로 넘어진 남자의 수트케이스를 방금까지 여자가 앉아 있던 의자 위에 올려두었다. 그리고 그에게 진을 한 잔 가져다주었다. 싸구려지만 아예 없는 것보다는 나을 테니까. 나는 잘난 척을 좀 할까 그러지 말까 고민을 하다가 결국은 이도 저도 아닌 방법을 택하기로 했다.

"앨범은 어디에 숨겼어요?"

진을 한번에 다 털어 넣은 남자는 나를 노려보았다. 하지만 결국은 노려보는 걸 그만두어야 할 것이라고, 나는 생각했다.

왜냐하면 그 순간, 남자에게는 싸구려 진 한 잔이 더 필요할 테니까.

　나는 가끔 그녀가 어째서 웨딩 앨범을 가지는 걸 원했는지 궁금해지곤 한다. 어쩌면 그녀는 그걸 부적으로 사용하고 싶었는지도 모른다. 누군가를 다시 사랑하게 되고 결혼이 하고 싶어질 때마다 그 앨범을 들추어볼 생각이었는지도 모른다. 하지만 내가 정말 모르겠는 건, 어째서 갑자기 그녀에게 그 앨범이 더 이상 필요하지 않게 되었느냐는 점이다. 웨딩 앨범보다 더 강력한 부적을 발견한 것일까? 글쎄, 그런 건 잘 모르겠다. 그날 밤 내 집 겸 사무실에서 이야기를 하는 동안 그녀가 잃어버린 것이 무엇이고, 찾아낸 것이 무엇인지, 정말로 나는 모르겠다. 하지만 괜찮다. 나와는 상관없는 일이니까. 내가 해야 하는 일은 고객들의 분실물을 찾아주는 것, 그리고 내가 잊지 말아야 하는 것은 내 개에게 삼시 세끼 식사를 챙겨주는 것이니까.

분실물 찾기의 대가 3
바늘귀에 실 꿰기

    그는 반짇고리를 사기 위해 온 동네를 뒤지는 중이었다. 거리는 이제 어둑어둑해지고 있었다. 문구점과 슈퍼마켓에는 없다고 했고, 신발 수리점과 철물점은 문을 닫은 뒤였다. 그는 심장이 너무 빨리 뛰어서 난감할 지경이었다. 그럴 이유가 없는데도 그랬다. 난 그냥 정중하게 부탁을 받은 것뿐인데…… 반짇고리를 사지 못한다 한들 큰일이 생기는 것도 아니었다. 그에게 반짇고리를 사다달라고 부탁한 건 탐정이었다. 스키를 타다가 다리를 다쳤다는 탐정은 잠옷 차림으로, 깁스한 한쪽 다리를 스툴에 올린 채로 그를 맞이했다. 그는 탐정과 이미 몇 번이나 통화를 하고 방문 날짜를 정했는데, 방문하기 전날 밤에 탐정은 그에게 전화를 걸어 다리를 다쳤다는 소식을 전해주었던 것이다. "하지만 걱정 마십시오. 분실물을 찾는 데는 전혀 지장이 없으니까요." 그는 일주일 전, 사무실에서 사라져버린 수정 테이프의 행방을 찾기 위해 탐정을 방문했다. 사라진 게 그것 하나뿐이라면 탐정을 찾아갈 생각은 하지도 않았을 것이다. 사무실 책상 위에 놓아둔 치약, 티슈, 메모지, 볼펜…… 등등이 자꾸만 사라져버렸다. 탐정은 그에게 스무 개가 넘는 질문을 던졌다. 그가 그 질문에 답하는 중간중간, 그는 탐정이 부탁하는 일들—개에게 밥을 주는 것, 창문을 여는 것과 창문을 닫는 것, 물을 가져다주는 것 등등—을 해주어야만 했다. 그는 탐정의 마지막 질문은 이것이리라고 생각했다. "동료들 중 누군가가 잠깐 쓰려고 가지고 갔다가 돌려주는 걸 잊은 게 아닐까요?"

하지만 탐정의 마지막 질문은 이것이었다.

"혹시 저를 위해서 반짇고리를 하나 사다줄 수 있으십니까?"

거리에는 편의점이 서너 개 있었다. 편의점에 반짇고리가 있으리라고는 생각되지 않았다. 밑져야 본전이다, 생각하며 그는 가장 첫 번째로 눈에 띈 편의점 안으로 들어갔다. 편의점에는 반짇고리가 있었다. 반짇고리뿐만이 아니었다. 세상에, 거기엔 없는 게 없었다. 손톱깎이, 구두약, 심지어는 양말과 속옷까지. 그는 편의점을 아주 가끔만 사용했다. 필요한 물건은 가격을 따져서 대형 마트에서 구입하거나 인터넷 쇼핑몰을 이용했기 때문이었다. 그가 편의점을 사용하는 건, 예기치 않은 일이 발생할 때뿐이었다. 예기치 않게 화장지가 떨어졌을 때, 예기치 않게 과일 통조림 같은 게 먹고 싶을 때, 그리고 예기치 않게 이런 식으로 누군가의 부탁을 받을 때……. 그는 반짇고리를 하나 챙긴 후, 편의점 냉장고 앞에 서서 끝도 없이 쌓여 있는 각종 맥주들을 바라보았다. 맥주는 네 캔에 만 원이었다. 그는 평소에 술을 즐겨 마시지 않았지만, 이번에는 왠지 맥주를 구입하지 않으면 안 될 것 같은 기분을 느꼈다. 그는 반짇고리와 맥주 네 캔을 계산한 후, 밖으로 나왔다. 그 짧은 사이에 거리에는 완전한 어둠이 내려앉아 있었다. 저 멀리 불 켜진 가로등들이 일렬로 서 있는 게 보였다. 바람, 여름이 가고 가을이

오고 있었다. 그는 갑자기 이루 말할 수 없는 쓸쓸함에 사로잡
혔다.

　탐정의 사무실―아니, 집인가? 여하튼―로 돌아왔을 때에
도 탐정은 여전히 스툴에 깁스를 한 다리를 올리고 있었다. 그
가 나갈 때와 다른 광경이 있다면, 아까는 싱크대 앞에 누워
있던 커다란 개가 이제는 탐정의 옆에 엎드려서 자고 있다는
것, 정도였다. 하지만 그는 무언가, 다른 것, 그가 설명하기 어려
운 어떤 것이 미묘하게 변했다고 생각했다. 그게 뭘까? 반짇고
리를 받은 탐정은 그가 자리에 앉기도 전에 말했다.
　"저기, 침대 위에 있는 제 셔츠와 단추 통을 가져다주시겠습
니까?"
　탐정은 그를 보고 싱긋 웃었다. 그는 탐정이 시키는 대로 했
다. 단추 통에서 단추를 하나 고른 탐정은 반짇고리에서 실과
적당한 크기의 바늘을 꺼낸 후, 바늘귀에 실을 꿰려고 애쓰기
시작했다. 탐정은 자신의 맞은편에 고객이 앉아 있다는 사실,
그러니까 그의 존재는 아예 잊어버린 사람 같았다. 그는 조용

히 탐정의 건너편에 앉아서 탐정이 하는 양을 바라보고 있었다. 탐정은 너무나 서툴렀고, 그는 어쩌면 탐정이 영원히 바늘귀에 실을 꿰는 걸 성공하지 못할지도 모른다고, 그리고 자신의 존재 같은 건 영원히 기억해내지 못할지도 모른다는 생각이 들었다.

그는 조금 전 사온 캔맥주 중 하나를 꺼내서 마시기 시작했다. 그가 맥주 한 캔을 홀짝이며 다 마실 때까지도 탐정은 여전히 바늘귀에 실을 꿰는 걸 성공시키지 못하고 있었다. 그는 소파에 깊숙이 몸을 기대고 생각했다. 만약 탐정이 자신에게 "동료들 중 누군가가 잠깐 쓰려고 가지고 갔다가 돌려주는 걸 잊은 게 아닐까요?"라고 질문을 했다면 나는 뭐라고 대답을 했을까? 그는 그럴 리가 없다고 대답했을 것이다. 그렇게 예의 없는 사람들도 아니었고 무엇보다 만약 그들이 무언가를 빌려달라고 했다면, 아니, 심지어 그냥 달라고 했더라도 그는 두말없이 그렇게 했을 것이기 때문이다. 그는 무엇이든, 남들의 부탁을 거절한 적이 없었다. 동료들도 그 사실을 알고 있었다. 그 사실을 알고 있었다…… 그는 맥주 한 캔을 더 땄고, 이번에는 홀짝이지 않고 단숨에 털어 넣었다. 사무실 안은 고요했다. 잠꼬대를 하는 건지 큰 개의 끙, 거리는 소리만 간간이 들려올 뿐이었다. 그는 자신이 잃어버린 것의 목록을 머릿속으로 떠올려보았다. 뭐가 있었지? 자, 메모지, 볼펜, 티슈 등등등…… 하지만 그는 자신이 분실한 건 그게 아닐지도 모른다는 생각이 들었다. 하지만 내가 분실한 게 뭘까? 내가 잃어버린 게 뭘까? 내가 잊어버린 게 뭘까? 그러다 문득 그는 이 사무실의 전등이 켜져 있다는 사실을 깨달았다. 그가 아까 반짇고리를 사러 가기 전만 해도 분명히 사무실의 전등은 꺼져 있었다.

그때 탐정이 고개를 들더니 그에게 말했다.

"이거 좀 해주시겠습니까?"

그는 자리에서 벌떡 일어났다. 그리고 탐정에게 다가가 상체를 숙이고 작지만 분명한 목소리로 말했다.

"아니요. 이것 좀 해달라, 저것 좀 해달라, 아주 지겨워 죽겠습니다. 나는 분실물을 찾으러 온 거지, 당신의 부탁을 들어주러 온 게 아니란 말입니다."

그렇게 말한 후 그는 상체를 쭉 폈다. 그는 자신의 목덜미가

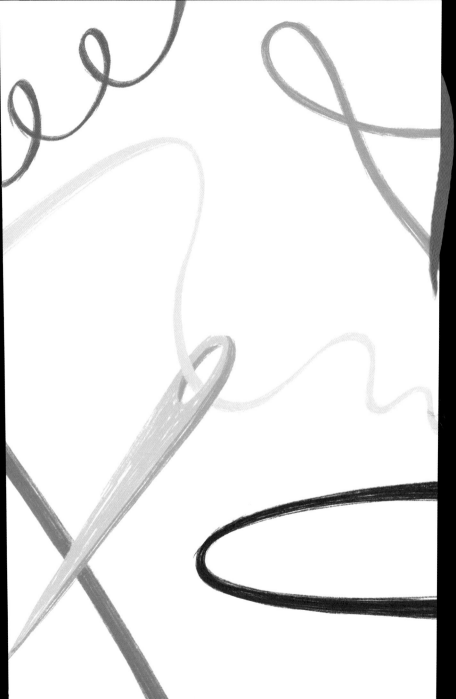

땀으로 축축하다는 걸 알고 있었다. 하지만 땀은 금방 증발할 것이었다. 그는 사무실 문을 열고 밖으로 나가버렸다. 잠들었던 개가 깜짝 놀라 고개를 들었고 문을 한번 바라봤지만, 금세 흥미가 사라졌는지 다시 고개를 바닥으로 파묻었다. 잠시 후 사무실의 문이 다시 열렸다. 그였다. 그는 성큼성큼 아까 자신이 앉아 있던 자리로 걸어와서 아직 따지 않은 캔맥주가 든 봉지를 낚아챘다.

"이건 제 겁니다."

"알고 있습니다."

탐정은 왜 그렇게 당연한 소리를 하냐는 듯이 그를 바라보며 고개를 끄덕였다. 그는 지갑에서 사례금을 꺼내 탐정의 식탁 위에 올려두었다. 탐정이 그에게 말했다.

"정말 죄송하지만, 개에게 사료를 한 번만 더 줄 수 있으십니까?"

그는 멈칫했지만 결국 개의 밥그릇에 사료를 부어주었다.

"이건 순전히 호의로 해드리는 일입니다. 호의 말입니다."

탐정은 이 말을 다시 한 번 더 반복했다.

"알고 있습니다."

그렇게 말한 후, 탐정은 바늘귀에 실 꿰는 걸 다시 시도했다. 개의 밥그릇에 사료를 담아주는 소리를 들으면서도, 자신 쪽으로 다가오는 그의 인기척을 느끼면서도, 탐정은 고개를 들지 않고 그 일에만 열중했다. 그는 잠시 동안 복잡한 표정으로 탐정을 내려다보다가 결국 인사도 없이 사무실 밖으로 나갔다.

사무실 문이 닫히고, 그가 완전히 가버렸다고 확신할 만한 시간이 흐른 후에 탐정은 더 이상 참을 수 없다는 듯 실과 바늘을 무릎 위에 내려놓고 끙차, 소리를 내며 이리저리 목 스트레칭을 했다. 그런 후, 반짇고리 안에 들어 있던 작은 가위를 꺼내 이제까지 손에 들고 있던 실의 끝부분을 잘라내고 검지와 엄지 사이에 끼고 도로로 한 번 말아주었다. 그리고 아주 능숙하게 딱 한 번의 시도로 바늘귀에 실을 꿰는 데 성공했다. 탐정은 셔츠에 단추를 달기 시작했다. 그런 탐정을 물끄러미 올려다보던 개는 사료가 가득 담긴 그릇으로 다가가 고개를 처박고 참참참참 소리를 내며 밥을 먹었다.

분실물 찾기의 대가 4

잃어버린 것은 그저 잃어버린 것으로

커다란 개가 낑낑거리는 소리 때문에 그는 잠에서 깬다. 그도 알고 있다. 개도 참을 만큼 참았다는 걸. 커다란 개는 지난 이틀 동안 밖으로 한번도 나가지 못했다. 그래선 안 되었다. 그런 식으로 취급해서는 안 되는 거였다. 하지만…… 천천히 침대에서 몸을 일으킨 그는 선풍기를 켠 후, 이마에 맺힌 땀방울을 닦으며 커튼을 걷는다. 갑자기 여름의 햇살이 집—겸 사무실—안으로 쏟아진다. 개가 벌떡 일어나서 월! 월! 하고 짖는다. 그는 개를 한번 바라본다. 개는 앞발만 세우고 서서 기대에 찬 눈으로 그를 바라보며 혀를 내밀고 있다. 그는 생각한다. 나는 저 개의 이름도 모르는 걸. 삼 년 전에 한 여자가 그에게 자신의 커다란 개를 맡아줄 수 있느냐고 물었을 때, 그는 주저 없이 알았다고 했었다. 당신의 개를 데리러 올 때, 그때, 개의 이름을 알려주세요. 이게 그때 그가 한 말이었다. 여자는 그 후로 한 번도 연락을 한 적이 없었다. 가끔 아무런 내용도, 수신인도 적히지 않은 엽서가 그의 편지함에 꽂혀 있을 때가 있긴 했었다. 그의 주소와 이름만 덩그러니 적힌. 그는 그걸 그 여자가 보냈을 가능성에 대해 생각하고는 고개를 흔들면서도 그 엽서들을 버리지 못했다. 그는 책상 가장 아래칸에 그것들을 넣어두고 열쇠로 잠가두었다. 마지막 엽서가 온 건 팔 개월 전의 일이었다. 그는 다시 한 번 개를 보며 생각한다. 저 개는 내 개가 아니잖아. 그는 커튼을 치고 침대로 기어들어 간다. 주위는 다시 어두워지고, 개는 잠시 낑낑거리다가 결국 포기하고 누워버린다.

어둠 속에서 그는 이틀 전에 왔던 의뢰인에 대해 생각한다. 의뢰인은 삼십 대 후반의 여자였다. 여름인데도 베이지색 트렌치코트를 입고 실내에서도 선글라스를 벗지 않았다. 단발머리에 입술에는 붉은 립스틱을 바르고 있었다.

"당신이 분실물 찾기의 대가라면서요."

의뢰인은 커다란 개를 봤지만 사무실을 방문하는 거의 모든 사람이 그러는 것과는 달리 개의 이름을 물어보지는 않았다.

"나는 아침 7시를 잃어버렸어요."

의뢰인은 의자에 몸을 기대고 침착한 목소리로 말했다. 그는 별로 당황스럽지도 않았다. 이 세상에는 온갖 분실물이 있으니까. 아침 7시라고 분실물이 되지 말라는 법은 없을 것이다. 그는 자세하게 설명을 해달라고 부탁했다.

"그러니까 갑자기 깨닫게 된 거예요. 어느 날 정신을 차렸을 때, 아, 내가 아침 7시를 잃어버렸구나, 그런 생각을 하게 되었죠."

그는 의뢰인이 덥지 않을까 하는 걱정이 들었다. 그의 사무실(겸 집)에는 에어컨이 없었고, 고물 선풍기만 털털털 소리를 내며 돌아가고 있었기 때문이다.

"어느 날 아침이었어요. 문득 잠에서 깨어 시계를 보니까 6시 45분이었어요. 나는 시계를 보며 나 자신에게 약속을 했어요. 7시 정각이 되면 침대에서 일어나자고요. 그러고 나서 나는 시계만 바라보고 있었어요. 그런데 정신을 차려보니까 시계는 7시 1분이더군요. 아니요. 정신을 딴 곳에 둔 게 아니에요. 그건 맹세할 수가 있어요. 어쨌든 그날 나는 결국 출근을 할 수도 없었고, 하루 종일 침대에서 나오지도 못했었요. 왜냐고요? 7시 정각에 일어나려고 했는데, 난 7시 정각을 잃어버렸으니까요."

그는 그런 일이 또 있었느냐고 물었다.

"네, 거의 매일매일 그런 일이 일어나요. 나는 아침 6시 45분에 눈을 뜨고 7시에는 꼭 침대에서 나가자고 생각하죠. 그리고 계속 시계를 바라보고 있어요. 분명히 6시 59분까지 시간을 확인했다고 생각하는데, 어쩐지 정신을 차려보면 7시 1분이거나 7시 2분이거나, 최악일 때는 7시 15분일 때도 있어요. 물론 첫날처럼 종일 침대에 누워 있지는 않아요. 회사를 나가야 하니까요. 나도 먹고살아야 하잖아요. 회사에 거의 매일 지각을 해요. 언제나 정신도 멍하죠. 다음 날 아침에 또 똑같은 일이 반복될 거라고 생각하면……."

"끔찍한가요? 하루가 시작된다는 것이?"

그는 자신이 던진 질문 때문에 깜짝 놀랐다. 원래 그는 그런 식으로 질문을 하는 타입이 아니었다.

"아니요. 끔찍한 게 아니에요. 그냥…… 나는 마음이 아픈 거예요. 무슨 말인지 알겠어요? 아침 7시가 내게 무슨 특별한 의미가 있는 것도 아니에요. 하지만 그걸 잃어버렸다고 생각하면, 그게 내게서 영원히 사라져버렸다고 생각하면 견딜 수가 없어져요. 미칠 것같이 마음이 아파요."

그날, 의뢰인은 한 시간 정도 더 머물렀다. 그는 자신이 이 일을 시작한 이후 처음으로 의뢰인의 말에 온전히 집중하지 못했다는 사실을 알고 있었다. 의뢰인은 말을 하다가 가끔 입술을 잘근잘근 씹었고, 붉은 립스틱이 치아에 보기 싫게 번져버렸다. 그는 의뢰인이 나가기 전에 거울을 봤으면 좋겠다고 생각했다.

그는 침대 옆 러그 위에 누워 있는 커다란 개의 실루엣을 바라보며 생각한다. 몇 시일까? 시계는 보지 않는다. 낮 2시일 수도 있고, 오전 11시일 수도, 어쩌면 겨우 아침 7시밖에 안 되었을 수도 있다. 여름의 해는 빨리 뜨고 빨리 뜨거워지니까. 시간 따위가 무슨 상관이랴. 나는 아침 7시를 잃어버렸어요. 그는 자신이 그런 것을 잃어버릴 수 있을지 생각해본다. 내가 낮 2시를, 오전 11시를, 아침 7시를 잃어버릴 수 있을까? 그는 어쩌면 자기 자신이 새벽 3시 9분—혹은 4시 15분 혹은 21시 13분 등등—을 이미 잃어버렸을 수도 있다고 생각한다. 그저 자신이 그걸 깨닫지 못했을 뿐이라고. 만약 그걸 깨닫게 된다면 나도 마음이 아파서 견딜 수 없게 될까? 어쩐지 그는 자신의 책상 서랍 마지막 칸에 넣어두고 열쇠로 잠가버린 내용 없는 엽서들을 떠올린다. 그게 떠오르니까 그는 당장 의뢰인에게 전화를 걸어 이렇게 말하고 싶은 기분이 든다. 이봐요, 때로는 잃어버린 것은 잃어버린 것으로 놔둬야 하는 건지도 모릅니다. 잃어버린 것은 그저 잃어버린 것으로. 마음이 아프면 아픈 대로…… 슬프면 슬픈 대로…….

하지만 그는 의뢰인에게 전화를 걸지는 않는다. 나중에 전화를 걸지도 모르지만 여하튼 지금 당장은 할 일이 따로 있다. 그는 일어나서 커튼을 활짝 걷고, 커다란 개에게 다가가 머리를 몇 번 쓰다듬는다. 개는 벌떡 일어나 그의 얼굴을 핥는다.

"밥을 먹고 함께 산책을 나가자."

그렇게 말한 후, 그는 한동안 커다란 개의 등에 얼굴을 묻은 채 가만히 머문다.

최후의 조니워커

나는 리옹에서 파리로 가는 밤기차 안에 앉아 있다. 내 옆, 그러니까 창가에 앉은 여자는 세로줄이 들어간 하얀색 셔츠와 남색 와이드 팬츠를 입고 운동화를 신고 있다. 무릎 위에 반으로 접은 트렌치코트를 올려두고 발 옆에는 검정색 륙색을 놓아 둔 채. 오해는 마시라, 그녀를 꼬시고 싶은 건 아니다. 물론 매력적인 여성이긴 하지만, 그런 일은 하지 않을 것이다. 왜냐하면 나는 숙달된 탐정이고, 지금은 업무 중이기 때문이다.

보름 전, 저 멀리 바다 건너에서 나를 찾아온 의뢰인의 대변인은 나의 그런—공과 사를 철저히 구분하는—능력을 높이

사고 있다고 말했다. 나의 명성이 그런 먼 곳까지 알려졌다는 사실을 믿을 수 없었지만 아주 불가능한 일은 아니었다. 몇 년 전까지 나는 세계 곳곳을 누비며 아흔아홉 번의 사건을 성공적으로 해결해냈다. 나는 다섯 가지 언어와 미행에 능통하다. 『세계 탐정 연보: 2000-2010』의 '미행 능력자' 부분에 내 이름이 적혀 있을 정도다. 하지만 요즘 탐정들은 인공지능 통역 기계와 소형 도청기 같은 최첨단 기술을 사용한다. 여전히 수첩과 펜을 사용하는 나 같은 탐정은 아무도 찾지 않는다. 그러니까 이 일은 아주 오랜만에 내가 맡게 된 사건인 셈이다. 대리인이 전달해준 의뢰는 다음과 같았다.

"조니워커 화이트 라벨을 수거해주십시오. 1909년부터 삼 년간만 생산된 술이고 당연히 이 세상에서 사라졌다고 믿었는데, 얼마 전 프랑스에서 목격되었다는 겁니다. 그 맛이 얼마나 참담한지 아십니까? 그런 술이 존재한다는 사실만으로도 술꾼들에게는 상처가 될 정도입니다. 의뢰인은 그런 술을 자신의 할아버지가 만들었다는 사실을 부끄러워합니다. 이 지구상에 화이트 라벨이 남아 있으면 안 된다고 생각합니다. 하지만 자신이 그런 식으로 화이트 라벨을 창피해한다는 사실을 누구에게도 들키고 싶어 하지 않습니다. 당신은 그걸 몰래 수거해야 합니다."

"어떤 방법으로?"

그가 나를 보며 웃었다. 초짜처럼 그런 질문을 왜 하냐는 의미였다. 나는 초짜가 아니므로 고개를 끄덕였다.

"선수금은 원하시는 대로 드리겠습니다. 수거한 조니워커 화이트 라벨은 국제우편으로 보내주시면 나머지 사례금을 드리겠습니다."

그는 내 입이 딱 벌어질 만한 액수의 사례금을 제시했다.

그녀의 발밑에 놓인 검정색 류색에는 이 세계 최후의 조니워커 화이트 라벨이 들어 있다. 내가 조사한 바로, 그녀는 술꾼이 아니다. 원래는 리옹에 사는 한 잘생긴 술꾼이 가지고 있었던 것인데, 며칠 전에 그녀는 술꾼에게 소리를 지르며 화를 내다가 그 집에 있는 것들 중 손에 잡히는 걸 아무거나 가지고 나온 것이었다. 그게 바로 조니워커 화이트 라벨이다. 일단 나의 계획은 그녀와 친밀해지는 것이었다. 우리는 연락처를 주고받고, 이후에 파리에서 만날 것이다. 나는 그녀에게 화이트 라벨에 관심이 있다는 인상을 절대 주지 않을 것이다. 하지만 그녀는 스스로 화이트 라벨에 대한 이야기를 꺼낼 테고, 어느 날 불현듯 화이트 라벨을 나와 나누어 마시고 싶다는 생각에 사로잡힐 것이다. 그런 생각이 자신의 내부에서 솟아오른 것이라고 철석같이 믿으면서. 그걸 집 밖으로 가지고 나오기만 한다면 그 뒤는 식은 죽 먹기였다. 그녀가 카페나, 은행, 전철 안, 빵집, 우체국 같은 데서 한눈을 팔 때, 나는 순식간에 화이트 라벨을 낚아챌 수 있다. 그녀는 그걸 누가 훔쳐갔다고 생각하지도 못할 것이다. 왜냐하면 그건 끔찍한 맛의 싸구려 위스키일 뿐이니까. 나는 그걸 대리인이 알려준 주소로 보내기만 하면 된다. 그러면 나는 부자가 될 것이다.

하지만 문제는 내가 그녀에게 한마디도 건네지 못했다는 사실이다. 그녀는 우울한 표정으로 창밖을 바라보고 있었다. 어찌 보면 화가 난 것 같기도 했다. 가끔 심란하고 수심에 젖은 표정으로 땅이 꺼져라 한숨을 내쉬기도 했다. 나는 슬픔에 젖은 여자에게 건넬 수 있는 적절한 말이 무엇인지 떠올리느라 40분을 허비했고, 40분 후 파리에 도착할 때까지 그런 문장을 하나라도 떠올릴 수나 있는 건지, 적잖이 초조해하고 있었다. 갑자기 기차의 속력이 서서히 느려진다 싶더니 완전히 멈추었다. 무슨 일이지? 당황한 승객들이 웅성거렸다. 잠시 후 안내방송이 나왔다. 알 수 없는 이유로 기차가 멈췄고 리옹에서 수리팀이 오는 중이지만, 한 시간은 기다려야 기차 운행이 재개되리라는 것이었다. 그녀의 표정은 점점 일그러졌다. 그녀가 혼잣말을 했다. 물론 프랑스어로.

"이젠 하다하다 내가 탄 기차까지 멈추는 거야?"

그녀는 트렌치코트를 걸치고 류색을 둘러멨다. 복도 쪽에 앉은 나는 그녀를 위해 자리에서 일어나주었다. 그녀는 고개를 푹 숙이고 복도를 걸어 객실 문으로 향했다. 그런 후에 그녀는 기차에서 내렸다. 나는 미행의 달인답게 그녀가 눈치채지 못하도록 조용히 그 뒤를 따랐다. 철로 양쪽으로는 낮은 관목 숲이 펼쳐져 있었고, 커다란 전봇대가 일정한 간격으로 일렬로 서 있었다. 관목 숲 뒤로 멀리, 저 멀리, 아직 불이 켜진 농가 몇 채가 드문드문 서 있었다. 그녀는 그 불빛을 향해 걷기 시작했다. 그녀는 어디로 가는 걸까? 10분쯤 걸었을 때, 그러니까 기차에서 약간 멀어졌을 때 그녀가 자리에 우뚝 섰다. 그러고는 주위를 둘러보았다. 나는 땅에 바짝 엎드렸다.

반경 1킬로미터에 아무도 없다고 확신한 그녀는 류색을 땅에 내려놓고 기지개를 크게 켰다.

그러고는 갑자기 소리 내어 울기 시작했다.

그건 정말 이상한 풍경이었다. 울고 있는 그녀의 뒷모습 저편에 농가의 불빛 하나가 꺼지는 게 보였다. 그녀의 울음소리 속으로 부드럽고 규칙적인 귀뚜라미들의 울음소리가 파고들어 갔다. 그건 묘한 균형이 느껴지는 이질적인 두 종種의 하모니였다. 그녀의 울음소리는 점차로 잦아들기 시작했고, 결국 대기 중에는 귀뚜라미의 울음소리만 남아 있게 되었다. 그녀는 훌쩍이며 류색에서 병을 꺼냈다. 조니워커 화이트 라벨. 그녀는 손으로 뚜껑을 따고, 병 입구에 입을 대고 꿀꺽꿀꺽 술을 목으로 넘겼다. 서너 모금을 마시고 난 후에, 그녀는 남은 술을 땅에 몽땅 쏟아버렸다.

그런 식으로, 이 세계의 마지막 조니워커 화이트 라벨은 사라지고 있었다.

그녀는 병을 저 멀리 어디론가로 던져버렸다. 병이 깨지는 소리가 났다. 그녀는 잠시 동안 움직이지 않았다. 나는 그녀를 거기에 두고 기차 안으로 돌아왔다. 20분 후쯤에 돌아온 그녀는 울었다는 걸 상상도 할 수 없을 정도로 깔끔하고 평온한 모습이었다. 하지만 나는 그녀의 몸에서 나는 희미한 술 냄새와 눈물 냄새를 맡을 수 있었다. 나는 그녀가 자리로 쉽게 들어갈 수 있게 일어났다가 앉았다. 그녀는 이번에는 고맙다고 소리 내어서 말했다. 그녀는 룩색을 자신의 발밑에 놓아두고 트렌치코트는 그대로 입은 채로 팔짱을 끼고 눈을 감았다. 잠시 후 기차가 다시 움직이기 시작했다.

조니워커 화이트 라벨과 내가 가질 뻔한 어마어마한 돈은 이 세상에서 사라졌다. 내가 손쓸 새도 없이 그냥 그렇게 사라진 것이다. 그래도 나는 편지를 써서 의뢰인에게 보낼 생각이었다. 양피지 위에 펜으로 한 글자 한 글자 정성스럽게 눌러쓴 편지를.

"조니워커 화이트 라벨은 이 세상에서 사라졌습니다. 마지막에 그 술은 자기 몫을 잘 해냈습니다. 그러니 의뢰인은 그 술에 대해 부끄러워할 필요가 없다고 생각합니다."

맨해튼의
반딧불이

하이힐

누군가 그날의 그들을 봤다면 이렇게 말했으리라. "대기를 떠돌던 싱그러운 봄 냄새와 부드러운 바람, 하얀 구름이 동동 떠가는 맑은 하늘과 딱 어울리는 연인이었답니다." 물론 실제로 이런 식으로 말하는 사람은 없겠지만, 내 말의 요지는 그들이 누가 봐도 기분이 좋아지는 커플이었다는 점이다. 남자는 180센티미터 정도 되는 키에 등이 꼿꼿했기 때문에 좀 더 커보였다. 그는 지난 몇 년간 수영을 해왔고, 삼 년째 핀수영 대회에 참가해오고 있다. 대단히 멋을 부리는 타입은 아니었지만, 텔레비전 쇼에 나오는 남자 연예인이 입은 옷의 브랜드를 알아맞힐 정도의 센스는 있었고, 자신이 추구하는 스타일—그게 그렇게 대단한 정도는 아니었더라도—이 있었다. 그에 비하면 여자는 패션에 그다지 관심 있는 편이 아니었다. 몹시 미인임에도 그랬다. 그녀는 도무지 그런 것에 신경 쓰는 타입이 아니었다. 몸매가 아주 훌륭해서 그녀는 가끔 다른 여자 친구들로부터 "그렇게 멋진 몸매에 어울릴만 한 합당한 옷을 왜 입지 않는 거지?"라는 원망을 듣기도 했다. 어쩌면 그는 자신의 여자 친구의 그런 차림새에 불만이 있었는지도 모른다. 어쩌면, 어쩌면 말이다.

하지만 그날의 그녀는 머리부터 발끝까지 신경 쓴 티가 역력했다. 그도 그녀를 처음 본 순간 입이 딱 벌어질 정도였다. 머리카락에는 살짝 웨이브를 넣었고, 귀에는 작은 진주 귀걸이가 달려 있었다. 자잘한 꽃무늬가 그려져 있는, 스커트 부분이 풍성한 쉬폰 원피스를 입고 있어서 한 걸음 한 걸음 내디딜 때마다 스커트의 끝자락이 둥실둥실거렸다. 그리고 마지막으로 눈길이 가는 것은 그녀의 신발이다. 평소에는 좀처럼 신지 않는 하이힐을 신은 것이다. 구두코에 엄지손톱만 한 하트 모양의 스와로브스키 장식이 달려 있는 검정색 하이힐이었다.

그들은 노천 카페에 앉아 커피를 마시며 거리를 바라보았다. 날씨가 지나치게 좋았다. 연인이 함께 걷기에 완벽한 날씨였다. 그들은 카페에서 나와 두 손을 꼭 맞잡고 걷기 시작했다. 가끔 서로의 얼굴을 쳐다보며 소리 내어 웃었다. 물론 그녀는 익숙지 않은 하이힐 때문에 발바닥이 욱신욱신 아프기도 했을 것이다. 하지만 그녀는 생각했다. "이렇게 아름다운 신발을 신고 예쁘게 보이기 위해서는 이만한 대가가 필요한 거야." 그리고 그녀는 자신의 아름다운 하이힐을 보고 힘을 얻을 요량으로 그가 이번에 참가할 아마추어 수영 대회에 대해 이야기하고 있을 때, 살짝 자신의 발을 내려다보았다.

"어머나."

그녀가 새된 소리를 냈다. 그가 이야기를 멈추고 그녀를 바라보았다.

"내 신발!"

그녀가 울상이 되어서 말했다. 그는 그녀의 하이힐을 보았

다. 왼쪽 구두의 장식이 사라져 있었다.

"괜찮아. 하나도 이상해 보이지 않아."

"그래요?"

그녀는 자신의 신발을 다시 한 번 내려다보았다. 그는 항상 패션 센스가 넘치는 사람이니까 그의 말이 맞을지도 몰라. 정말 괜찮은지도 몰라. 그래, 하나도 이상해 보이지 않아. 그녀는 그렇게 생각했다. 그래서 그냥 아무 일도 없었다는 듯이 그와 같이 걷기 시작했다. 그러다 문득 그녀는 괜찮지 않다고 느꼈다.

"이건 마치 외눈박이 같아요."

그는 그녀의 구두를 다시 한 번 내려다보았다. 외눈박이? 과연 그렇게도 보이는구나. 그는 고개를 끄덕거렸다.

"카페에서 잃어버린 게 틀림없어요."

하지만 잠시 후 카페에 도착했을 때, 그들은 그런 것을 본 사람은 아무도 없다는 사실만 확인했을 뿐이다. 그녀의 고집 때문에 그들은 걸어왔던 길을 다시 되짚어 가야만 했다. 골목골목을 샅샅이 뒤졌다. 햇볕 아래에서 오래 걸었기 때문에 그의 이마에는 땀이 송글송글 맺혔다. 어쩌면 짜증이 났을지도 모른다. 아니지. 그럴 리가 없다. 그는 그저 조금 피곤한 것뿐이리라. 저 상황에서도 손을 꼭 맞잡고 있는 그들은, 누가 뭐래도 완벽한 연인이니까.

"내 생각엔…… 이 나머지 한쪽 장식도 떼어버리는 수밖엔 없는 거 같아요."

그들이 지났던 길을 다섯 번 정도 왕복하면서 그 골목골목을 샅샅이 조사하고 난 후에, 그녀는 무슨 대단한 결심이라도 한 것처럼 말했다. 그녀는 선 채로 오른쪽 발을 뒤쪽으로 들어 올려서 낑낑거리며 장식을 떼어내려고 시도했지만 쉽지 않았다. 결국 그가 무릎을 꿇고 앉아서 그녀의 신발 장식을 떼어내야만 했다. 그는 떼어낸 장식을 순식간에, 저 멀리 쓰레기통으로 던져버렸다.

"너 혹시 연극성인격장애라고 알아?"

그가 물었다. 그녀는 장식을 잃어버린 자신의 하이힐을 좀 측은하게 바라보며 건성으로 대답했다.

"들어본 적 있어요."

"이상해."

"뭐가요?"

"사람들은 아무도 너의 신발에 그렇게까지 관심을 두지 않
았을 텐데."

"뭐라고요?"

그녀가 깜짝 놀라 되물었다.

"아무도 네 신발에는 신경 쓰지 않을 거야."

"왜죠?"

"왜냐고?"

그는 뭐라고 대답해야 할지 몰라서 얼굴을 찌푸렸다. 그리고
그는 자기도 모르게 순전히 무의식적으로 콧방귀를 꼈다.

"왜냐하면 아무도 남들에게 그렇게 신경 쓰지 않으니까."

침묵.

오, 세상에 맹세컨대, 나는 이런 장면은 보고 싶지 않았다.
우리의 완벽한 연인은 이제 더 이상 손을 잡고 있지 않고 있는
것이다. 나는 정말 이런 모습을 보고 싶었던 것이 아닌데!

"솔직히 넌 좀 그런 경향이 있어."

"무슨 말이에요?"

"넌 사람들이 너에게 대단히 신경 쓰고 있다고 생각하잖아."

"그게 말이 돼요?"

"예를 들면 너의 그 평소의 옷차림 말이야. 일부러 그렇게 이상하게 입고 다니는 거지?"

"뭐라고요?"

"너는 항상 '그런' 사람이 되고 싶지 않으니까 말이야."

"그게 대체 무슨 말이에요? 나한테 무슨 이야기가 하고 싶은 거냐구요."

잠시 후 그가 아주 진지하게 말했다.

"넌 어쩌면 연극성인격장애인지도 몰라. 치료를 받아야 할지도 모른다고."

그녀는 기가 찼다. 이게 무슨 개소리란 말이야? 살이 찌는 것을 예민할 정도로 걱정해서 매일매일 운동을 하고, 옷의 전체적인 색감을 맞추고, 아무도 알아차리지도 못하는 가르마 따위에 신경 쓰는 것은 그이지 내가 아닌데! 그녀는 자신의 앞에 서 있는 남자의 얼굴을 바라보았다. 생각 같아서는 주먹으로 뺨을 한 대 후려쳐주고 싶었지만, 용케도 잘 참아냈다.

　그길로 그녀는 집으로 돌아왔다. 그녀는 자신을 미친 사람 취급하는 남자 따위 다시는 만나고 싶지 않았다. 생각하면 할수록 분했다. 그녀는 콜드크림을 얼굴에 잔뜩 바르고 화장을 지운 후, 크리넥스 티슈를 한 장 뽑아 얼굴을 닦아내면서도 화가 나서 견딜 수가 없었다. 그녀는 티슈를 구겨서 방구석에 있는 작은 쓰레기통으로 집어던졌는데, 통 안으로 쑥 들어가지 못하고 그 옆에 떨어졌다. 세상에, 진짜 오늘은 재수도 없구나! 그녀는 어기적어기적 걸어서 쓰레기통으로 다가갔다. 그런데 그때 그녀는 발견하고야 말았다. 그건 오늘 그녀가 잃어버렸다고 생각한 하이힐 왼쪽의 하트 모양 장식이었다. 아니, 이게 왜 여기 있는 거야? 그럼 애초에 이게 내 방 안에 떨어져 있었던 거야? 그녀는 콜드크림 때문에 치덕치덕해진 손으로 그걸 집어 올린 후 마치 감정사가 다이아몬드 감정이라도 하는 것처럼 그걸 아주 오랜 시간 동안 눈앞에 가까이 대고 바라보았다. 그녀의 머릿속에 가장 마지막에 든 생각은 그에게 이걸 찾았다고 알려주어야 할까? 라는 물음이었다. 그런 물음이 떠오르자 이상하게도 그녀는 눈물이 났다.

물론 그녀는 그에게 다시는 연락하지 않았다. 그도 다시는 그녀에게 연락하지 않았다. 하지만 괜찮을 것이다. 그들이 마지막 데이트를 한 날, 이 지구상의 7891커플이 마지막 데이트를 경험했으니까. 그건 특별한 일도 아니다. 그러니까 괜찮을 것이다. 그녀는 또다시 어떤 남자를 만나고 이별하고, 또 다른 남자를 만나다가 이별하고…… 운이 좋으면 일생을 함께할 상대를 만나 가정을 꾸리고 살아가게 될지도 모른다. 물론 그렇게 되지 않을 거라고 해도 괜찮다. 그녀는 괜찮을 것이다.

자, 저기 저 도로의 끝에서부터 이쪽으로 걸어오는 저 여자가 보이는가? 유행이 지나 보이는 검정색 재킷에 발목 위를 살짝 덮는 어중간한 길이의 검정색 트라우저 팬츠를 입고 있는 저 여자 말이다. 그래, 맞다, 바로 그녀다. 당신들은 아마 달라진 게 전혀 없잖아? 라고 생각할 것이다. 어쩌면 코웃음을 치고 있을지도 모른다. 자, 그럼 이번에는 그녀의 구두를 한번 보라, 빤질빤질하게 닦여서 광이 나는 검정색 하이힐. 물론 어디에서나 흔히 볼 수 있는 그야말로 특색 없는 하이힐이지만, 나는 하이힐을 신고 저런 식으로 격식 있게 걷는 여자는 본 적이 없다. 그래서 저런 여자라면, 특색 없는 하이힐을 신고 또각또각 소리를 내며 격식 있게 앞만 보고 걸어갈 수 있는 여자라면 아마 어떤 일이든 다 견딜 수 있을 거라고, 생각해보는 것이다.

빵과 코트

늦은 오후, 나와 내 여자 친구는 동네의 작은 카페에서 커피를 마시는 중이었다. 원래는 영화를 보러 시내로 나갈 생각이었는데, 갑자기 눈이 내리기 시작했기 때문에 그런 마음이 싹 사라지고 말았다. 갑자기 그녀가 어떤 아이들에 대한 이야기를 시작했다.

여자애는 작은 제과점에서 아르바이트를 하기로 했어. 그것도 어렵게 구한 자리였지. 그 애는 아마, 스무 살, 스물한 살 정도였던 것 같아. 오후 2시부터 가게가 문을 닫는 시간까지 일했는데, 그 시간에 함께 일을 하는 아르바이트생 한 명이 더 있었어. 여자애보다 한두 살이 더 많은, 빵을 만드는 남자애였어.

제빵사?

엄밀하게 말하면 그런 건 아니었어. 매일 아침 본사에서 보내준 케이크 시트에 생크림이나 초콜릿을 바르고 과일이나 인형으로 장식을 하거나, 역시 본사에서 보내준 숙성된 빵 반죽에 소시지나 야채를 끼워서 오븐에 구워내는 일 따위를 했지. 별일 아니었지만 그렇다고 마냥 쉬운 일도 아니었어. 제과점에 진짜 제빵사가 없다는 사실이 놀랍지 않아? 그래도 남자애는 항상 요리사 모자를 쓰고 일했지. 그 모든 조건에도 불구하고 남자애는 자신이 진짜 제빵사라고 생각한 거야. 웃기지 않아?

아니, 별로. 웃기지 않은데.

그래? 난 자기가 이런 거 웃기다고 생각하는 줄 알았는데 말이지.

이런 게 뭔데?

아냐, 됐어. 여하튼 그 애들은 제대로 이야기를 나눠본 적이 없었어. 함께 일을 한 지 석 달이 지났어도 인사나 겨우 할 정도였을까. 남자애는 카운터 뒤쪽에 붙어 있는 주방에서 거의 나오지 않았고, 여자애는 거기에 들어가본 적이 없었지. 하긴 여자애가 거기에 들어갈 일이 뭐가 있었겠어. 손님이 오지 않는 한, 제과점은 아주 조용했지. 제과점 문을 닫을 시간이 다가오면 여자애는 사장님이 오기를 기다리며 그때까지도 팔리지 않은 빵을 여러 개 묶어서 봉지에 넣는 일을 했어. 여자애는 그 일을 아주 싫어했지.

왜?

글쎄, 왜 그랬을까?

그날은 정말 추운 날이었어. 너무 추워서, 워낙에 장사가 안 되는데, 평소보다 손님도 훨씬 더 없었지. 여느 날처럼 늦은 시간, 여자애는 남은 빵을 여러 개 묶어서 봉지에 넣는 일을 하고 있었어. 평소보다 남은 빵이 더 많았지. 그러다가, 문득, 여자애는 제과점 구석 바닥에 무언가 떨어져 있는 것을 발견했던 거야. 그게 뭐였는 줄 알아?

내가 알 리가 없잖아. 그게 뭐였지?

남성용 피코트였어. 여자애는 그걸 들고 약간 엉거주춤하게 서 있었어. 잠시 고민했지. 대체 누가 옷을, 그것도 그렇게 추운 날 코트를 잊어버리고 갈 수가 있겠어? 여자애는 주방에 있을 남자애를 불렀어. 남자애는 듣지 못했지. 그래서 여자애는 한 번 더, 마치 소리를 지르듯이 남자애를 불렀지.

"저기요!"

남자애가 행주에 손을 닦으면서 주방 밖으로 얼굴을 내밀었어.

"왜 그러시죠?"

"누가 이걸 두고 갔어요."

여자애는 피코트를 들고 그 남자애를 향해 흔들었어.

남자애가 드디어 주방 밖으로 나왔지. 여자애는 그걸 남자애에게 건네주었어. 남자애는 피코트를 양손으로 들고 이리저리 아주 유심히 살펴보았어. 마치 탐정이 증거품을 살펴보듯이 말이야.

"흠…… 코트네."

여자애는 "이건 평범한 코트가 아니에요" 하고 말하면서 피코트를 남자애의 손에서 가로챘어. 그리고 남자애에게 옷의 라벨을 보여주었지. 거기에는 이렇게 적혀 있었어. Burberry Prorsum. '버버리 프로섬' 알지?

응, 알아.

여자애도 그게 뭔지 알고 있었던 거야. 그 애는 이렇게 말했어.

"이거 엄청 비싼 거예요. 이런 걸 진짜로 내 눈앞에서 보게 될 줄 몰랐어요."

여자애는 감격한 듯 피코트를 품에 꼭 껴안았어. 하지만 남자애는 별로 관심이 없는 것처럼 보였어. 왜냐하면 "그렇게 비싼 물건이라면 아마 주인이 찾으러 오겠죠" 하고 말하고는 다시 주방으로 들어가버렸거든.

남자애가 주방으로 사라진 후, 여자애는 문득 이상한 생각에 사로잡혔어. 그건, 정말 이상한 생각이었지. 여자애는 그 생각을 떨쳐 내려고 조용한 제과점 한가운데에 우두커니 서 있었어. 버버리 프로섬의 피코트를 품에 안은 채 말이야. 오랫동안 서 있었지. 얼마쯤 시간이 지났을까. 남자애가 주방에서 나왔어. 오른손에는 생크림이 잔뜩 올려진 조그만 케이크 한 접

시를 들고 말이야. 남자애가 물었지.

"이거 먹어볼래요?"

그들은 제과점 구석에 놓인 테이블을 사이에 두고 앉아서 케이크를 함께 나눠 먹었어. 하지만 아무런 이야기도 나누지는 않았어. 여자애는 눈물이 날 것 같았지.

"오빠, 이 피코트 한번 입어봐요."

케이크를 거의 다 먹었을 때쯤, 여자애가 말했어. 그리고 "오빠라고 불러도 되죠?"라고 물었단 말이야. 남자애는 무표정하게 여자애를 쳐다보다가 냅킨으로 손을 깨끗하게 닦았어. 그리고 피코트를 걸쳐보았지.

"한번 일어나봐요."

남자애는 순순히 일어났어. 놀랍게도 피코트는 바로 그 남자애를 위해 만들어진 것 같았어. 그만큼 남자애의 몸에 꼭 맞았던 거야. 그냥 치수나 기장이 맞았다는 게 아냐. 옷의 미묘한 부분들, 이를테면 어깨 부분은 마치 맞춤옷처럼 남자애의 어깨와 밀착된 듯이 보였고, 라펠의 크기는 아주 적당했어. 무엇보다 전체적인 라인이 정말 좋았어. 가슴 부분은 딱 붙지 않으면서도 날렵한 느낌을 주도록 남자애의 몸을 감쌌지. 허리 라인이 아주 근사하게 잡혀 있어서 남자애의 몸매가 잘 드러나도록 했어. 남자애는 좁은 매장을 천천히 걸어 다녔어. 마치, 그래, 런웨이의 모델처럼. 매장을 한 바퀴 돈 남자애는 피코트를 벗어서 여자애에게 건네주었어.

"그냥 입고 있어도 좋을 텐데."

"이거 내 옷이 아니잖아요."

"반말해도 되는데."

남자애는 그냥 웃기만 하다가, "케이크 더 먹을래요?"라고 물었어. 여자애는 고개를 가로저었어. 곧 있으면 제과점 문을 닫을 시간이었고, 아까도 말했지만 너무 추운 날이어서 더 이상 손님이 올 것 같지도 않았어. 그들은 그냥 테이블에 좀 더 죽치고 앉아 있기로 했어.

"놀랐어요."

그 말에 남자애는 무슨 의미냐는 의도로 여자애의 얼굴을 빤히 쳐다보았지.

"피코트가 그렇게 잘 어울리기도 쉽지 않거든요."

"그래요?"

"네. 저는 피코트 때문에 헤어진 사람들의 이야기도 알아요."

여자애는 이야기를 시작했어.

그건 어떤 연인에 대한 이야기였어. 아주 사이가 좋고, 서로를 정말 사랑하는 그런 연인 말이야. 어느 날, 여자가 남자에게 코트를 한 벌 선물하기로 했대. 그들은 함께 백화점에 가서 마음에 쏙 드는 코트를 발견했는데, 직원이 다가와서 그게 피코트라고 이야기해줬지. 그리고 남자에게 한번 걸쳐보라고 권유했어. 여자는 남자가 그걸 입어볼 필요도 없다고, 그럴 정도로 멋진 코트라고 호들갑을 떨었지만, 불행하게도 곧 자신의 생각이 완벽하게 틀렸다는 걸 알게 되었어. 피코트를 입고 자신을 향해 돌아선 남자를 봤을 때, 여자는 엄청난 사실을 알게 되어버린 거야. 그게 뭐였느냐 하면, 남자의 머리가 너무 크다는 사실이었지.

그럼 그 여자는 그때까지 그런 걸 몰랐다는 거야?

여자애가 여기까지 이야기했을 때, 남자애도 자기랑 똑같은 질문을 했어. 여자애는 이렇게 대답했어.

"글쎄요. 피코트의 라펠은 입는 사람의 얼굴을 부각시킬 수 있거든요. 원래 남자의 머리가 그리 작은 편은 아니었는데, 여자가 그걸 미처 깨닫지 못하고 있었다가 피코트를 입은 걸 보고 그제야 알았을 수도 있겠죠."

"말도 안 돼."

남자애가 말했어. 하지만 여자애는 별로 개의치 않고 이야기를 계속했어.

"남자는 여자가 어떤 생각을 하는지 꿈에도 몰랐어요. 더 비극적이었던 건, 남자는 그 피코트가 엄청 마음에 들었다는 거였어요. 하지만 여자는 남자에게 사실을 이야기할 수 없었어요. 남자에게 맞장구를 쳐주며 정말 잘 어울린다고 말할 수밖에 없었죠. 그 후로 남자는 데이트를 할 때마다 피코트를 입고 나왔어요. 여자는 남자의 얼굴 크기가 혐오스럽다고 생각할 지경이 되었고, 그토록 큰 머리를 하고 나다닐 수 있는 남자가 용감하다는 생각까지 하게 됐죠. 결국 여자는 이런저런 핑계를 대며 남자를 피하기 시작했어요."

"그래서 결국 헤어졌다는 이야기?"

남자애가 물었어.

"아뇨, 여자는 그런 이유로 남자와 헤어질 수는 없다고 생각했어요. 웃기잖아요. 얼굴이 너무 커서 헤어진다는 게 말이에요."

"잠깐, 그런데, 이거 누구 아는 사람 이야기예요?"

여자애는 웃음을 참으며 고개를 흔들었어.

"아뇨, 사실은 얼마 전에 소설책에서 읽은 거예요."

"소설도 읽어요?"

"왜요? 나는 소설도 안 읽을 것처럼 생겼나?"

"아뇨, 미안, 그런 뜻이 아니라……."

"알아요, 알아. 나도 진짜 어쩔 수 없는 상황에서 읽은 거예요. 사실 저 소설 같은 거 안 읽어요."

여자애가 손사래를 치며 웃었어. 그리고 계속 이야기를 이어나갔지.

"어쨌든 여자가 더 이상 약속을 피할 핑계를 만들어낼 수 없었을 때, 그래서 어쩔 수 없이 남자와 다시 만나게 되었을 때,

여자는 남자의 머리 크기가 좀 달라졌다는 걸 알게 되었어요.”

“더 커졌어요?”

“아뇨, 그 반대예요. 더 작아졌어요.”

“다행이네요.”

“처음에는 여자도 그렇다고 생각했죠. 그런데 진짜 문제는 그 다음부터였어요.”

“또 문제가 생겼어요?”

“이번에는 남자의 머리가 자꾸자꾸 작아지는 거였어요. 딱 보기 좋을 때까지만 작아졌다면 좋았을 텐데, 남자의 머리는 끝도 없이 작아지기만 하는 거였어요. 하지만 정말 이상하게도 주위 사람들이나, 심지어 남자 자신도 그 사실을 깨닫지 못했어요. 자꾸자꾸 작아져서 머리가 없어질 지경이 되었는데 말이죠. 여자는 괴로웠어요. 그걸 멈추고 싶었죠. 그러다가 문득 그게 자신 때문이라는 걸 깨달았어요.”

“여자 때문에 남자 머리가 작아지는 거라고요?”

“응, 논리적인 설명을 할 수는 없었지만, 여자는 그게 자신 때문이라는 확신을 하게 되었어요. 그래서 여자는 결국 남자에게, 남자를 위해 헤어지자는 말을 할 수밖에 없었어요. 여자는 마음이 아팠죠. 하지만 그게 남자를 위한 일이라고 생각했어요."

"이거 진짜 소설이에요?"

"네, 웃기죠? 나도 이거 읽고 무지하게 웃기다고 생각했어요."

"뭐, 이런 이상한 소설이 다 있어요?"

"이상하다고 느낄 수도 있지만, 적어도 우리가 마음에 새겨야만 할 교훈은 하나 있죠."

"그게 뭐죠?"

"피코트를 함부로 입지 말자. 사람들은 흔히 피코트는 누구에게나 잘 어울리는 아이템이라고 생각하지만, 그래서 아무나 막 입고 다니지만, 실제로 그렇지 않다는 거예요. 피코트가 잘 어울리는 사람을 만나는 건 정말 어려운 일이라고요."

여자애는 이렇게 말하고 곧 덧붙였지.

"하지만 오빠는 피코트 마음껏 입어도 될 거 같아요. 이 코트의 주인은 어떨지 궁금한데요? 피코트 주인이 오면 이걸 찾아준 대가로 우리 앞에서 한번 입어달라고 하면 좋겠어요."

피코트 주인은 피코트를 입을 자격이 있는 사람이었나?

내가 물었다.

글쎄. 그 애들은 테이블에 나란히 앉아서 케이크를 하나 더 나누어 먹었어. 그리고 다음 날이면 팔지 못하게 될, 유통기한이 지나기 직전인 빵도 나눠 먹었지. 그러면서 피코트 주인이 오길 기다린 거야. 하지만 사장님이 제과점에 결산하러 들렀을 때까지도 피코트 주인은 오지 않았고, 제과점의 셔터 문을 닫을 때까지도 나타나지 않았어. 평소라면 뒷정리를 끝내고 여자애는 전철역으로, 남자애는 버스 정류장으로 향했겠지만, 이번에는, 사장님이 자가용을 타고 저 멀리 사라진 이후에도, 영업이 끝난 제과점 앞에 함께 서 있었지. 여자애의 손에는 피코트가 들려 있었고. 그 애들을 얼어붙게 만들 정도의 차가운 바람이 불어왔고, 몇몇 사람들이 마지막 버스나 전철을 놓치지 않기 위해 성큼성큼 걸어가거나 뛰어가고 있었어. 넘어지지 않게 애쓰면서. 도로 위로는 자동차가 미끄러지듯이 사라져갔지. 모

든 것들이 저무는 시간이었어. 하루가 끝나는 쓸쓸한 때지.

"피코트 주인이 오고 있을지도 몰라요."

여자애가 씩씩한 목소리로 말했어. 남자애는 눈이 내린다면 좋겠다고 생각했고, 여러 가지 생각을 좀 더 한 후에 여자애를 쳐다보며 말했어.

"뭐 하나 물어봐도 돼?"

"어? 이제 반말하시네."

여자애가 이렇게 말하며 고개를 끄덕거렸어.

"뭔데요?"

"나랑 결혼해줄래?"

여자애는 영문을 모르겠다는 표정으로 남자애를 쳐다보았어. 그 애들은 아주 잠시 동안 아무 말 없이 서로를 바라보았지. 코트 깃을 세운 남자 한 명이 그들을 지나쳐가고, 파란색 자동차 한 대가 도로 끝으로 사라져갔어. 이윽고 여자애가 입을 열었어.

"농담이 지나치시네."

"농담 아니고. 정말로, 진심으로 묻는 거야."

여자애는 어떻게 대답해야 할지 몰라서 고개를 푹 숙이고 있었어. 뭐랄까. 그냥 안 돼요, 라고 말할 수가 없었어. 왜 그런지 모르지만 그냥 그렇게 거절할 수가 없었어. 그러면 안 될 것 같았어. 그러다 문득 여자애는 자신의 팔에 걸려 있는 피코트를 발견했지. 여자애는 고개를 들어 남자애를 바라보았어.

그리고 이렇게 말했지.

"그럼, 우리 이렇게 해요. 이 피코트의 주인이 돌아오면, 우리는 내일 당장 결혼하는 거예요. 만약 피코트 주인이 돌아오지 않으면, 그 뒤는 내가 말 안 해도 알죠?"

내 여자 친구는 여기까지 말하고 창밖을 바라보았다. 그녀는 수입 화장품 회사에서 꽤 오래 일했고, 지금은 높은 직급에 있으며 많은 돈을 번다. 삼 년 전에 이혼했는데, 전남편이나 결혼 생활에 대해서는 이야기한 적이 없다.

뭐야, 이게 끝이야?

이야기는 여기서 끝이지만,

그녀는 창밖에서 시선을 떼지 않고 말했다.

이게 모든 일의 시작이었지.

그 애들이 누구야?

내가 물었다.

나도 몰라. 우습지만, 나도 몰라. 그냥 들은 이야기야. 그 후로는 나도 그 애들이 어떻게 되었는지 몰라.

누구에게 들은 이야기야?

그녀는 아무 대답도 하지 않았다. 나는 다시 물었다.

창밖에 뭐가 보여?

아니, 아무것도.

나는 그녀의 결혼 생활이나 전남편에 대해 궁금해한 적이 없다. 하지만 언젠가는 그런 것들이 궁금해지는 순간들이 올 것이다. 분명히 그럴 것이다. 하지만 그때가 되더라도, 내가 그녀에게 무엇을 물어봐야 하는지 나는 잘 모르겠다.

반딧불이

노린은 일생 동안 맨해튼을 두 번 떠났다. 한번은 그녀가 스물다섯 살 때, 다른 한번은 그녀가 마흔다섯 살 때. 스물다섯 살 때 그녀는 결혼을 했고 맨해튼을 떠나 뉴저지의 테너 플라이라는 작은 마을에서 살았다. 밤에 창밖을 바라보면 숲속에 반딧불이 오렌지 빛을 발하는 걸 볼 수 있었다. 너무 많은 불빛이 금방 사라졌다가 다시 나타났기 때문에, 그녀는 금방 초점을 잃어버리곤 했다. 그녀는 인기가 많았다. 그 마을에 사는 남녀노소 모두 그녀를 좋아했다. 처음엔 마치 그녀가—자신의 첫사랑이던—아서와 함께 들르곤 했던 클럽에서 사람들에게 관심을 받았던 그런 방식이었고, 시간이 흐르고 그녀의 금발머리가 빛을 잃고, 몸에 살이 붙기 시작한 후로는 좀 다른 방식으로. 그러니까 약간의 동정심 같은 것들. 사실 처음 살이 붙기 시작했을 때, 그녀는 체중을 조절하려고 애썼다. 얼굴에 주름이 생기고 머리 색깔이 변하기 시작했을 때에도 그런 걸 멈추게 하고 싶어서 애를 썼다. 그녀는 결국 실패했고 자신이 실패했다는 사실을 인정했다. 그녀는 자신이 영리하고, 재치덩어리인 데다가 허튼 말을 하지 않는다는 걸 알고 있었다. 그게 그녀의 장점이었다.

노린은 일생 동안 맨해튼으로 두 번 돌아왔다. 한번은 그녀가 마흔다섯 살 때, 다른 한번은 그녀가 예순다섯 살 때. 마흔다섯 살이 되던 해에 이혼을 하고 아무런 고민도 없이 맨해튼으로 돌아왔지만 그녀는 삼 개월도 맨해튼에 머물지 못했다. 맨해튼을 떠나고 싶다는 생각을, 맨해튼으로 돌아온 첫째 날 밤에 이미 하고 있었다. 그녀는 브라이언트 파크 맞은편에 있는 호텔에 머물고 있었는데 창밖으로 펼쳐진 그 도시가 믿을 수 없을 정도로 따분하고 지지부진하다고 느꼈다. 그리고 폭력적이라고도. 어떻게 그럴 수가 있을까? 젊었던 시절 그 도시는 그녀의 전부였다. 아, 그래, 아서도 있었지. 그 도시와 아서는 그녀의 젊은 시절의 전부였다. 아서는—굳이 말하자면—추남이었다. 노린은 그를 사랑했다. 아서는 젊음을 사랑했고, 아름다움을 사랑했다. 아서는 성공을 사랑했고, 월스트리트를 사랑했다. 아, 그래, 월스트리트. 아서는 월스트리트에서 일을 할 수만 있다면 어떤 대가도 치를 수 있다고 그녀에게 말했다. 그 시절, 노린은 그런 생각을 할 수가 없었다. 아서는 한번도 그녀에게 어떤 삶을 살고 싶은지 물어본 적이 없었다. 아서뿐만이 아니라, 그때 그녀를 알았거나 만났던 모든 사람들, 그게 여자든 남자든 아무도 그녀에게 그런 걸 물어본 적이 없었다. 그 시절 그녀가 너무 아름다웠기 때문에, 그런 질문을 하는 것 자체가 어떤 불경을 저지르는 것처럼 느꼈기 때문이었다. 맨해튼으로 돌아온 날 밤, 도시를 내려다보던 그녀가 문득 아서를 만나야겠다고 결정한 건, 바로 그러한 이유 때문이었을 것이다. 그러니까 맨해튼이 더 이상 그녀에게 아무런 매혹도 주지 못했기

때문에. 다음 날 그녀는 아서를 플라자 호텔의 팜코트에서 만났고, 석 달 후에는 진짜로—두 번째로—맨해튼을 떠났다. 그녀는 자신의 어머니의 나라인 그리스에서 몇 년을 살았고, 아버지의 나라인 독일에서도 몇 년을 살았다. 때때로 그녀는 사랑에 빠졌고, 그 사랑에서 빠져나왔다. 때때로 그녀는 모국어로 소설을 썼다. 대부분은 미스터리를 다룬 이야기였다. 로맨스도 있었다. 로맨스를 쓸 때, 언제나 그녀는 여자 주인공에 자신의 모습을 대입했다. 젊었던 시절 그녀의 모습이 아니라, 그 소설을 쓰고 있는 바로 자기 자신의 모습을. "그게 무슨 말이죠?" 영국에 머물 때, 대중을 대상으로 하는 창작 강의에서 그녀가 말했을 때 수업을 담당하던 소설가—이름만 대면 누구나 아는 그 남자 소설가—가 그녀에게 그렇게 물었다. 그게 무슨 말이죠? 그녀는 예순 살 때부터 프랑스 마른 지방에 머물렀다. 그녀는 쇼트커트를 고수했고 시력이 나빠져서 안경을 썼다. 줄곧 통통한 몸매를 유지했고 줄무늬가 들어간 나그랑 티셔츠와 발목 바로 위까지 내려오는 면바지, 그리고 드라이빙 슈즈를 즐겨 착용했다. 예순다섯 살이 되던 해 겨울에 그녀는 갑작스러운 복통으로 병원 응급실에 실려 갔다. 거기에서 그녀는 자신의 담낭에 문제가 있다는 사실을 알게 되었다. 젊은 의사는 감미로운 프랑스어로 그녀가 좀 더 검사를 받아봐야 한다고 말했다. 아무 일이 아닐 수도 있지만, 어쩌면 정말 심각한 병일 수도 있다고 말했다. "그건 검사를 해봐야 알 수 있어요. 그러기 전까지는 아무도 몰라요." 그 말을 들은 노린은 왜 그런지도 모르면서 다음 날 바로 맨해튼으로 떠나는 비행기표를 예약했다.

이십 년 만에 돌아온 맨해튼은 너무 많이 변해 있었지만, 변하지 않은 것도 있었다. 변하지 않은 것 중 하나는 플라자 호텔이었다. 그녀는 널찍한 계단을 올라갔다. 커다란 테이블 위에 꽃이 놓인 로비에 들어서니, 사람들의 말소리가 들렸다. 아주 작은 소리까지, 컵과 포크가 부딪치는 소리마저 귀에 들렸다. 그녀는 꽃으로 장식된 테이블에 앉아서 주위를 둘러보았다. 젊은 여자들, 예쁘게 차려입은 젊은 여자들과 젊은 남자들이 삼삼오오 모여서 차와 디저트를 먹고 있었다.

그녀는 이십 년 전에 이곳에서 아서를 만났던 일을 떠올렸다. 그날 아서는 노린에게 거짓말을 했다. 자신은 약혼을 했다고. 그녀는 그게 아서가 자신에게 던진 단 하나의 거짓말이 아니라는 걸 알고 있었지만, 어쩐지 아서가 거짓말을 했을 때, 노린은 이상한 우월감 같은 걸 느꼈다. 아서가 그런 거짓말을 했기 때문에 자신이 적어도 어떤 부분에서는 아서보다 더 큰 성취를 이루었다고 느꼈다. 아마도 그날 아서는 플라자 호텔을 나서면서 회환에 젖어 눈물을 흘렸을 것이다. 그녀는 이 세상 누구보다 아서를 잘 알고 있었다. 그날 그녀는 아서 같은 방식으로 회환에 젖지 않았고, 지금도 마찬가지였다. 그럴 필요가 없었다. 다만 그녀는 그런 이야기를 하고 싶었다. 노린이 정말 어린애였을 때 그녀도 다른 식의 삶을 기대한 적이 있었다고. 그러니까 자신도 상실을 경험했다고. 그녀가 그런 이야기를 하면 사람들은 다 이해한다는 듯이 고개를 끄덕였다. 왜냐하면 그녀는 한때 맨해튼에서 가장 아름답다고 말해도 좋을 만한 그런 여자였으니까. 하지만 그녀가 이야기하고 싶은 건 그런 것과는 거리가 멀었다. 아니, 거리가 멀었다는 표현은 진실이 아니었다. 그녀가 이야기하고 싶은 건 자신이 느끼는 상실감에는 훨씬 더 많은 게 포함된다는 의미였다. 그건 그녀가 한번도 가져보지 못한 것과 관련되어 있었다. 그래, 한번도 가져보지 못한 걸 상실하는 사람들도 이 세상에는 있는 법이다. 한번도 만져본 적이 없고 가져본 적도 없고 심지어 바라는 것조차 허용되지 않았던 그러한 것들 때문에 상처를 받았었다고, 이 세상에 단 한 명이라도 좋으니까 자신의 그런 상실에 대해 궁금증을 가져주었으면 좋겠다고 그녀는 생각했다.

그녀는 플라자 호텔 밖으로 걸어 나왔다. 어둠이 내리고 있었고, 화려하게 장식된 말이 모는 마차가 호텔 맞은편에 있는 센트럴 파크 주변을 돌고 있었다. 혹시라도 말똥을 밟지 않을까 하는 걱정을 하면서 센트럴 파크 안으로 들어간 그녀는 벤치에 앉아서 저 멀리 펼쳐진 잔디밭을 바라보았다. 피크닉을 즐기고 있던 사람들이 하나둘씩 짐을 싸고 있었다. 조금 시간이 지나자, 그곳에는 결국 노린 혼자만이 남게 되었다. 그녀는 잔디밭 안으로 들어가보기로 결정했다. 용감하게. 옷에 풀물이 들까 봐, 그녀는 커다란 나무 아래에 있는 바위 위에 앉았다.

잔디밭 사이로 무언가 깜빡깜빡하고 그녀의 눈앞에 떠올랐다가 사라졌다. 아, 반딧불이. 그렇구나, 맨해튼의 반딧불이. 그녀는 자신의 삶이, 따지고 보면 언제나 자신의 선택에 의해 이루어져왔다고 생각하기로 했다. 자신이 원하지 않은 일이라도 결국엔 자신이 원한 일이었다고. 누군가 그걸 잘못된 생각이라고 지적한다 해도 그녀는 끝까지 그 생각을 고수할 거라고, 자신의 담낭을 걸고 맹세했다. 그녀는 이 세상의 그 누구도—심지어 그것이 신일지라도—자신을 저주할 수도, 축복할 수도, 긍휼히 여기거나 용서할 수도 없으리라고 생각하며, 반딧불이를 바라보는 시선의 초점을 잃어버리지 않으려고 안경을 고쳐 썼다.

● 제임스 설터의 소설집 『어젯밤』(마음산책, 2010)에 수록된 「플라자 호텔」(148쪽)에서 인용했다. 「반딧불이」는 「플라자 호텔」을 여성 입장에서 다시 풀어 쓴 작품이다.

허리케인

그녀는 임시교사였다. 그녀는 아주 어릴 적부터 선생님이 되고 싶었다. 학비 때문에 자신의 성적으로 지원할 수 있는 학교보다 수준이 낮은 지방 국립대학 사범대에 진학해야 했지만 그건 미래를 위한 일종의 저축 같은 것이었다. 그리고 그녀는 임시교사가 되었다. 그게 그녀가 얻을 수 있는 전부였다. 지금보다 나이를 먹지 않았던 시절에―누구라도 그렇듯이―그녀가 사랑하고 그녀를 사랑했던 남자들이 있었다. 결국 그녀의 곁에 아무도 남지 않게 되었지만 그건―이번에도, 누구라도 그러하듯이―그녀가 선택한 삶이 아니었다. 하지만 그녀는 잘못된 일들이 언젠가 아주 조그마한 사건을 통해 한순간에 해결될 것이라고 믿었다. 그녀는 정말 그렇게 믿었다. 그녀는 더 이상 그 어떤 학교에서도 자신을 임시교사로 쓰려고 하지 않는다는 사실을 인정해야만 했을 때도 아무런 불평을 하지 않았다. "과거를 붙들고 있어봤자 아무 소용도 없는 거 아니겠어요?" 그녀는 사람들에게 그렇게 말했다. 하지만 새 일자리를 구하는 것은 굉장히 어려운 일이었다. "젊은이들이, 젊은이들이 있으니까요." 그녀는 그게 세상의 이치라는 듯이 빙그레 웃기만 했다. 아마도 그때, 그녀는 자신의 학생을 떠올렸으리라. 그녀의 말을 경청하고 고개를 끄덕끄덕거리며 그녀의 눈을 똑바로 바라보던 그 아이들.

어느 날 이웃 여자가 그녀에게 조심스럽게 말했다. "정말 믿을 만한 사람을 찾고 있는 부부가 있어요. 아이를 돌보는 일인데, 아이도 아주 얌전하고 부부도 깔끔한 성격이라 정말 편한 일이에요." 그리고 이렇게 덧붙였다. "학교에서 근무했었다는 사실이 좋은 인상을 줄 거예요." 그녀는 대답했다. "할 수 있죠! 할 수 있고말고요! 게다가 난 아이를 좋아한답니다." 물론 그녀는 자기 자신이 아이를 좋아하는지 어떤지 잘 몰랐다. 당연했다. 그녀는 아이를 키워본 적이 단 한 번도 없었으니까. 고용인의 집을 처음으로 방문했을 때, 그리고 돌아와서 자신의 집을 둘러봤을 때, 그녀는 깜짝 놀랐다. 사람들은 그녀에게 그 부부와 그 부부가 사는 집에 대해 물어보았다. 그녀는 간단하게 대답했다. "좋은 사람들이야." 그리고 이렇게 덧붙였다. "근데 너무 어리더라고요. 아휴." 실제로 부부는 그렇게까지 어리지 않았다. 남편은 고작해야 그녀보다 세 살 정도 어릴 뿐이었다. 남편은 영화 제작사 사장이라고 했고, 부인은 화가라고 했다. 남편은 평범한 중년의 남자처럼 보였지만, 부인은 정말 아름다웠다. 멋지게 컬이 들어간, 어깨를 살짝 덮는 머리칼이 정말 잘 어울리는 여자였다. 나이가 어떤지 몰랐지만 남편보다 열 살은 더 어려 보였다. 아이는 여섯 살이었다. 낮에는 유치원에 있었기 때문에 그녀가 해야 할 일은 오후에 아이를 데리러 가는 것부터 시작했다. 오전에는 청소 도우미가 따로 왔으므로 그녀가 다른 집안일을 할 것도 없었다. 부부가 집으로 돌아오는 시간이 들쑥날쑥한 건 문제였다. 어떤 날은 아이를 재우고 나서도 한참 동안 아무도 오지 않아서 그녀는 둘 중 누군가 올 때까지 기다려야만 했다.

처음에는 그런 일이 생겼을 때 그녀는 안절부절못했다. 아이를 깨우고 싶은 충동을 느꼈고, 마치 자신이 남의 빈집에 침입해 있다는, 뭔가 대단히 부도덕한 일을 하고 있다는 느낌을 받았다. 그녀는 집의 불을 모두 다—거실, 부엌, 그리고 빈방까지—켜두고 소파 한 구석에 오도카니 앉아 있었다. 하지만 이런 일이 계속 반복되면서 결국 그녀는 익숙해졌다. 그녀는 집의 모든 불—거실, 부엌, 빈방—을 꺼두고 거실의 장식용 스탠드만 밝혀두었다. 그런 다음 차를 한 잔 만들어서 티 테이블 위에 올려두고 소파에 몸을 기대고 앉아 책장에 꽂혀 있는 책을 읽기도 했다. 가끔 기억하고 싶은 문장은 페이지의 귀퉁이를 접어두었다. 아이는 그녀를 아주 잘 따랐다. 그녀가 밤마다 읽어주는 책을 들으면서 잠드는 걸 좋아했다. 아이는 그녀가 만들어주는 음식을 좋아했다. 그녀의 손을 잡고 공원을 산책하는 걸 좋아했다. 아이를 데리고 산책할 때면 그녀는 어쩌면 사람들이 이 아이를 나의 자식이라고 착각할지도 모른다고 생각

했다. 그런 생각을 하면 마음이 벅차올랐다.

  그녀는 아이와 저녁 식사를 한 후 베란다에 붙어 서서 창밖을 바라보는 걸 좋아했다. 도로를 메우는 차들의 행렬은 마치 작은 빛을 길게 늘어뜨려 놓은 것 같았다. 그리고 저 너머, 무질서하고 들쭉날쭉하게 켜진 동그란 불빛들은 마치 그 도시가 그녀가 매일 보던 곳이 아니라 미래의 어떤 지점에 와 있는 것처럼 느껴지게 만들었다. 가끔 아이가 그녀의 옆에 서서 함께 그걸 바라볼 때도 있었다. 그럴 때면 그녀는 아이의 손을 꽉 잡았다. 아이의 부모들도 그녀를 너무나 좋아했다. 그들은 자주 말했다. "덕분에 얼마나 좋은지 몰라요. 마음이 놓여요. 정말." 아이의 할머니가 알츠하이머병에 걸려 그들 부부 집에 삼 개월 정도 머무를 때도 그녀는 최선을 다해 할머니를 간호했다. 아이의 할머니는 그녀에게 지옥에 갈 거라고 폭언을 퍼부었다. 그걸 들은 아이가 그녀에게 물었다. "아줌마 지옥이 뭐예요?" 그녀는 나쁜 사람이 죽으면 가는 곳이라고 대답했다. "그러면 아줌마는 나쁜 사람이에요?" 그녀는 아니라고, 할머니가 자신을 다른 사람으로 착각한 거라고 대답했다. "할머니가 아프셔서 그래." 아이의 할머니가 요양소로 옮겨 갈 때 그녀는 울었다. 그 냥 눈물이 났다. 그들 부부가 그녀의 손을 잡았다. 마치 진짜 가족이라도 된 듯이. 아이의 엄마가 말했다. "정말 감사해요. 지 난 석 달 동안 큰 도움을 주셨어요." 주말에 그녀는 시내에 있 는 서점에 나가서 아이가 읽을 만한 책을 골랐다. 그녀는 그 가 족은 지금 무얼 하고 있을까, 하는 생각에 빠져들 때가 많았 다. 그들이 그녀의 집에서 좀 먼 곳으로 이사를 갔을 때에도 그 녀는 일을 그만두지 않았다. "아이 때문이에요. 모든 게 새로 울 텐데 나마저 그만둔다면 그 애가 얼마나 힘들겠어요? 게다 가 그 젊은 부부도 나를 정말로 필요로 한다니깐요." 그녀는 그 런 식으로 말하는 걸 좋아했다. 그리고 그게 진실이었다. 몇 달 이 흘렀다. 웃고, 떠들고, 즐거운 나날이었다. 아이의 손을 잡고 산책을 하고 아이 부모가 돌아올 때쯤에는 간단한 간식을 마련 해놓았다. 그녀는 자신이 새로운 인생을 맞았다는 생각을 했다.

봄에, 봄이 막 시작하려고 할 때, 그들 부부는 일 때문에 외 국으로 떠나야만 했다. 아이는 방에서 잠들어 있었다. "그동안 감사했어요." 아이 엄마가 봉투를 건넸다. 거기에는 자신이 이제까지 일하면서 받은 것보다 훨씬 더 많은 돈이 들어 있었다. "갑자기 떠나게 되었어요." 그녀는 아이에게 작별 인사를 할 수도 없었다. "애는 괜찮을 거예요." 아이 엄마가 말했다. 그녀는 그날 집으로 돌아와서 잠들기 전에 이런 상상을 했다. 태풍이 모든 것을 쓸어가버리는 상상. 허리케인 같은 것. 그녀는 자신의 인생에 불어왔던 그 허리케인들에 대해 생각했다. 무심하면서 잔인하고, 슬프면서 화가 나는 그런 것들에 대해. 사는 건 그런 거지. 그녀는 생각했다. 아, 괜찮을 거야. 언젠가 마치 끈 하나를 잡아당기면 엉킨 끈이 풀어지듯이 잘못된 일들이 고쳐질 거야. 그녀는 그렇게 생각하면서 눈을 감았다. 잠들기 위해 눈을 감는 건 생각보다는 언제나 쉬운 일이었다.

축복

할머니는 내가 열두 살 때 돌아가셨는데 그게 내가 경험한 첫 번째 죽음이었다. 봄이 막 시작됐을 무렵이었다. 온 동네에 진달래가 만발이었다. 집 앞마당에 천막을 세웠고, 마을 사람들이 와서 밥을 먹고 갔다. 할머니는 마을에 있던 선산에 묻혔다. 물론 그 당시에는 그게 뭔지 몰랐겠지만, 나도 장묘에 참석했던 기억이 난다. 어른들은 하얀 모시 한복을 입었고 머리에는 삼베를 두르고 있었다. 나는 엄마가 그 전해 추석빔으로 사주셨던 원피스를 입고 있었다. 어른들이 소리 내어 울었다. 물론 우리 어머니도. 내 기억에 할머니는 아주 오랫동안 편찮으

셨다. 할머니의 방은 항상 어두웠고 고약한 냄새가 났다. 가끔 할머니는 알 수 없는 이유로 소리를 지르거나 밥상을 뒤엎었기 때문에 어머니가 부엌에 서서 울 때가 있었다. 소리 내지 않으려고 애쓰면서. 나는 어머니와 아버지가 할머니 때문에 가끔 다퉜다는 걸 알고 있었다. 할머니가 돌아가신 후 할머니의 방은 오랫동안 비워져 있었다. 그때 나는 중학생이었던 언니와 함께 방을 썼는데 언니는 틈만 나면 내게 방을 옮기라고 으름장을 놓곤 했다. 나도 언니와 방을 쓰는 건 싫었지만, 할머니가 쓰던 방에서 혼자 지낸다고 생각하면 어쩐지 무서운 기분이 들었다. 나는 언니에게 이렇게 말했다. "옮기고 싶으면 언니나 가라지!"

할머니가 돌아가시고 일주일 정도가 지났을 때, 우리 반에는 여자애 한 명이 전학을 왔다. 서울에서 왔다고 했다. 그 당시 나를 비롯한 또래 애들은 서울에 가본 적이 없었다. 서울이 문제가 아니라, 누군가 가까운 양평읍에만 다녀와도 그게 부러워 죽을 지경이었다. 우리는 온종일 양평 이야기를 입 벌리고 들었다. 들어도 들어도 질리지 않았다. 서울에 한번도 가본 적은 없었지만, 나는 그날 그 여자애의 모습을 보고 서울이 어떤 곳인지 거의 정확하게 파악했던 것 같다. 당시 나를 비롯한 여자애들의 얼굴은 햇볕에 타서 시꺼멨고 머리카락은 귀밑까지 짧게 자르고 다녔다. 집에서 아무렇게나 잘랐기 때문에 언제나 머리끝이 삐뚤빼뚤이었다. 옷은 당연히 그저 밋밋한 천으로 만들어진 것이었고, 신발은 검정색 고무신 같은 것을 질질 끌고 다니면 그만이었다. 서울에서 왔다는 여자애는 분홍색 스웨터와 청치마를 입고, 무릎까지 올라오는 반양말을 신고 있었다. 얼굴이 아주 하얗고, 어깨를 덮는 머리는 양쪽으로 곱게 땋여 있었다. 나는 여자애의 어머니가 아침마다 여자애의 머리를 땋는 모습을 상상해보았다. 이상한 기분이 들었다. 양평읍에만 다녀와도 하루 종일 그 애의 이야기를 듣고 싶어서 안달을 내던 우리들 중 몇 명이 여자애에게 서울에 대해 물어보기 시작했다. 나는 어쨌든 그 여자애가 우리와 다르다고 생각했다. 두말할 필요도 없이 그건 아주 명백한 사실이었다.

어느 날, 집에 가는 길에 나는 여자애가 징검다리 한가운데에 앉아 세수를 하고 있는 걸 보았다. 여자애는 개울물을 한참 동안 바라보고 있었다. 그리고 징검다리가 시작하는 부분에서 남자애가 그 모습을 보고 있는 것도 내 눈에 들어왔다. 내가 아는 남자애였다. 아니, 이런 표현은 좀 정직하지 못한 것 같다. 그 애는 내가 좋아하는 남자애였다. 집이 근처였기 때문에 가끔 등굣길이나 하굣길에 만나는 일도 있었다. 특별히 이야기를 나눈 것은 아니었지만, 우리는 그런 식으로 길에서 만나면 적당한 간격을 유지한 채 걸어가곤 했다. 물론 그때 그런 단어를 몰랐겠지만 나는 그게 일종의 데이트라고 생각했었던 것 같다. 그런 날 밤이면 나는 마음이 콩닥거려서 당최 잠을 이룰 수가 없었다.

잠시 후에 여자애가 남자애에게 조약돌을 던지고 갈밭 쪽으로 뛰어 들어가는 게 보였다. 그리고 저 멀리서 여자애가 갈꽃을 안고 걸어가는 게 보였다. 나는 아마 그때 짜증이 났던 것 같다. 왜냐하면 그런 식으로 갈꽃밭을 가로질러 가는 여자애의 모습에는, 깡촌 시골에서 자라나 십이 년을 살아온 나로서는 절대 따라잡을 수 없는, 아니 그런 생각을 하는 것조차 허락되지 않는다고 느껴지게 만드는 종류의 아름다움이 있었다. 한번도 본 적이 없는 그런 광경이었다. 나는 남자애가 그 광경을 넋 놓고 바라보고 있다는 걸 알 수 있었다. 역시 한번도 본 적이 없는 그런 표정을 짓고. 여자애가 사라지자, 남자애는 허리를 굽혀 여자애가 던진 조약돌을 주워서 주머니에 넣었다. 그리고 터덜터덜 걷기 시작했다. 나는 남자애가 내 시야에서 사라진 걸 확인한 후에, 주위를 요리조리 살피다가 갈밭으로 들어갔다. 그리고 여자애가 그랬던 것처럼 갈꽃을 한 움큼 꺾어 머리에 이고 걸어보았다. 누군가가 금방이라도 어디선가 튀어나와 나를 보고 비웃을 것 같았다. "와아 못생겼다!" 그럴 것 같았다.

　나는 그날 집으로 돌아가서 세수를 한 후 거울을 보았다. 언니가 옆에서 말했다. "못난아 뭐 하냐?" '못난이'라는 말은 언니가 일상적으로 나를 부르는 별명이었지만 그날 나는 처음으로 나 자신이 '정말로' 못생겼다는 생각을 했다. 그리고 처음으로 어머니 아버지를 원망했다. 왜 우리 부모님은 나를 이런 시골에서 나고 자라게 한 것일까? 내가 다른 부모님 아래에서 태어나 자라났다면 좀 더 예쁠 수 있지 않았을까? 하지만 어쩌면 그건 예쁘고 예쁘지 않고 하는 문제와는 상관없는 걸지도 모른다고, 나는 어렴풋이 그렇게 생각했다. 그건 삶에 대한 문제라고. 그러니까, 여기의 삶과 저기의 삶.

　며칠 동안 여자애는 학교에 나오지 않았다. 나는 매일 5학년 남자 반이 끝날 때까지 기다리다가 남자애 뒤를 몰래 쫓았다. 남자애는 한번도 뒤를 돌아보지 않았다. 정신이 온통 다른 데 쏠려 있는 것 같았다. 개울가에 도착하면 남자애는 하릴없이 거기 서서 개울물을 바라보거나 주머니에 손을 넣고 무언가를 만지작거렸다. 나는 그게 뭔지 몰랐다(그리고 지금도 모른다). 나는 멀리서 남자애의 모습을 지켜보았다. 그리고 며칠이 또 흐른 후에 나는 남자애가 예전에 여자애가 앉아서 장난을 치던 징검다리 한가운데에 앉는 걸 보고 있었다. 그걸 보니까, 기분이 이상해졌다. 남자애가 물속을 들여다보다가 물속에 손을 집어넣고 화가 난 듯 거칠게 젓는 게 보였다. 또 기분이 이상해졌다.

내가 서 있는 개울가 쪽 말고 그 맞은편에 여자애가 서서 남자애가 하는 양을 다 지켜보고 있다는 걸 알게 된 건 조금 시간이 흐른 후의 일이다. 여자애가 남자애에게 다가서자, 남자애가 그만 뒤로 나자빠졌고, 벌떡 일어나더니 당황한 기색이 역력한 표정으로 허둥지둥 메밀밭 쪽으로 뛰어가는 게 보였다. 여자애의 시선이 남자애를 뒤쫓았다. 여자애가 남자애에게 가지 말라고 소리쳤지만, 남자애는 듣지 못하는 것 같았다. 나는 뒤를 돌아 걷기 시작했다. 가슴이 철렁 내려앉는 것 같았다. 왜 남자애는 그렇게까지 당황해서 도망을 가야 했을까? 나는 그게 너무 화가 났다. 멍청이도 아니고. 그게 그렇게까지 허둥지둥 도망갈 일이야? 나는 정말로 화가 났다. 그런 식으로 분노를 느낀 건 태어나서 처음인 것 같았다. 만약 여자애가 다가갔을 때 남자애가 그냥 웃음을 지었거나 했다면 그토록 화가 나지는 않았을 것이었다. 그날 저녁에 나는 밥도 먹지 않았다. 언니가 불을 끄지 않았기 때문에 나는 이불을 머리끝까지 올리고 그런 생각을 했다. "그 여자애가 죽어버렸으면 좋겠다." 그리고 그 문장을 다시 한 번 입 밖으로 내서 반복해보았다. 문득 언니가 물었다. "뭐라고?"

　그 후로 나는 남자애를 미행하는 걸 그만두었다. 그 주 토요일에는 소나기가 왔다. 방금 전까지 해가 쨍쨍이었는데 갑자기 후두둑 하고 빗방울이 쏟아지기 시작한 것이다. 나는 마루 끝에 앉아서 마당에 고이는 물웅덩이를 멍하니 바라보았다. 봄에, 할머니가 죽었던 날이 생각났다. 나는 그날 조금 울었다. 할머니를 그다지 좋아한 적은 없었다. 뭔가 추억을 나눈 것도 없었다. 그래도 누군가가 죽는다는 건 슬픈 일이었다. 그때 사람들은 할머니의 죽음이 호상이라고 말했다. 나는 호상이 정확히 무슨 의미인지는 몰랐지만, 그래도 대충은 알고 있었다고 생각한다. 나는 소나기가 내리는 걸 바라보았다. 거센 빗방울이 온 세상에 부딪히는 소리를 듣고 있었다. 금방 비는 잦아들고 주위가 밝아졌겠지만, 나는 그 순간을 기억하지 못한다.

　며칠 후에 남자애가 우리 반을 기웃거리는 게 보였다. 걔가 왜 그러는지 뻔했다. 여자애는 그 후로 한번도 학교에 나온 적이 없었다. 나는 남자애가 기웃거리는 교실 문으로 가서 소리

나게 달아버렸다. 그리고 며칠 후에 나는 여자애가 정말로 죽었다는 소식을 듣게 되었다. 같은 반 친구에게서였다. "걔 죽었대"라는 말을 들었을 때, 나는 순간적으로 며칠 전에 내가 입 밖으로 낸 말이 떠올랐다. "죽어버렸으면 좋겠다." 가장 첫 번째 든 생각은, 그 여자애가 없어졌으니까 이제 다시 남자애와 나는 예전처럼 같이 걸을 수 있으리라는 것이었다. 조금 후련한 마음이 들기도 했다. 호상, 이라는 단어에 대해 생각했다.

하굣길에, 저 앞 아주 느리게 걸어가는 남자애가 보였다. 처음에는 빨리 걸어서 남자애 옆으로 갈 생각이었다. 하지만 나는 멈추었다. 그리고 내 시야에서 사라질 때까지 그냥 가만히 남자애의 뒷모습을 바라보기만 했다. 앞으로 그 남자애와 나란히 걸을 수는 없으리라는 생각이 들었다. 그날 밤에 나는 할머니가 죽은 후 처음으로 할머니 방으로 들어가보았다. 방 안은 깔끔하게 정리가 되어 있었다. 할머니가 죽고 나서 한 계절이 지났는데 여전히 그 방에서는 이상한 냄새가 나는 것 같았다. 나는 그 냄새가 영원히 이 방에 머물 거라고 생각했다. 영원히 사라지지 않을 거라고 생각했다. 하지만 그건 착각이었다. 그날 밤, 거기서 까무룩 잠에 들었다가 가위에 눌려 깨어났을 때 나는 더 이상 그 방에서 아무런 냄새도 나지 않는다는 걸 깨달았다. 그 후로 나는 할머니 방으로 옮겼다. 공부도 열심히 했다. 6학년 때 담임선생님은 우리 부모님에게 나를 그냥 여기 촌구석에 두기에는 아까운 아이라고 말했다. 그 덕분에 나는 읍내에 있는 중학교로 보내졌다. 거기서도 나는 공부를 열심히 했고, 결국 서울에 있는 고등학교에 입학한 후 서울에 있는 여대에 진학했다.

내가 대학교 2학년이었던 봄에 대학생들이 거리에서 많이 죽었다. 죽은 사람들 중에는 가까운 친구도 포함되어 있었다. 나는 많이 울었다. 하지만 나는 그 순간들, 그러니까 내가 누군가의 죽음 때문에 마음 아파 했던 그 시간들이 어느 순간, 마치 소나기가 그치고 해가 비치는 것처럼 부지불식간에 내게서 사라질 거라는 사실을 알고 있었다. 그 죽음들이 사그라져서 아무도 '제대로' 기억하지 못하는 순간이 찾아올 거라는 사실을 알고 있었다. 아무도 '다시' 울지 않을 거라는 걸 알고 있었다. 나 역시. 그 남자애 역시. 그리고 우리 어머니나 아버지나 고모들 역시. 우리는 모든 걸 그런 식으로 흘려보낼 것이다. 죽은 사람은 죽은 사람이고, 산 사람은 산 사람이다. 살아 있는 사람들은 어떤 식으로든 살아갈 것이다. 그건 정말 인간에게 내려진 최고의 축복이리라.

　나는 가끔 그날, 소나기가 내리던 날 마당을 내려다보던 어린 나를 떠올린다. 가끔은 그 남자애가 그 시절을 어떻게 기억할지 궁금하다. 그날 소나기가 내리던 날, 온 세상을 후두둑 짧게 적시고 사라지던 그날 그 남자애는 어디서 무얼 하고 있었는지, 나를 조금이라도 떠올린 적은 없었는지, 하는 정말이지 말도 안 되는 생각을 해본다. 하지만 지금까지도 내가 가장 많이 떠올리는 남자애의 모습은 이런 것이다. 그 시절, 갈꽃을 이고 가던 여자애를 바라보던 그 남자애의 표정. 나는 그 남자애가 여자애를 바라보며 무슨 생각을 했는지 궁금하다. 그리고 이제 와 사실을 고백하자면, 조금은 알 것도 같다.*

<small>● 「축복」은 황순원의 단편소설 「소나기」를 이어 쓴 작품이다.</small>

크리스마스이브

내가 열 살이 되던 해 엄마는 나를 더 이상 할머니 집으로 보내지 않겠다고 선언했다. 일곱 살 때부터 삼 년 동안 나는 여름이 되면 할머니 집으로 보내져서 한 달 정도 머물렀다. 할머니는 할아버지와 삼촌과 함께 남쪽 도시의 커다란 2층 양옥집에서 살고 있었다. 엄밀하게 표현하자면 할아버지 집이라고 해야 옳았겠지만 나는 언제나 그 집을 할머니 집이라고 불렀다. 특별한 이유가 있는 건 아니었고—아닌가? **이것이야말로 특별한 이유인가?**—그 집에서 나와 가장 많은 시간을 보내던 사람이 할머니였기 때문이었다. 그곳에 머무는 동안 할머니는 언제나 나를 달고 다녔다. 그 당시 스물일곱 살이었던 삼촌은 나를 굉장히 귀여워했지만 할머니 집에서 그의 얼굴을 보는 건 가뭄에 콩 나는 수준이었다.

할아버지는 나를 싫어했다―그러므로 나도 그를 싫어했다.―나는 그 이유를 나중에, 시간이 아주 많이 흐른 후에 깨닫게 되었는데 그건 아빠와 관련이 있었다. 엄마와 아빠는 내가 세 살이 되던 해에 결혼 생활에 종지부를 찍었다. 할머니와 할아버지의 격렬한 반대를 무릅쓰고 한 결혼이었는데도 결국 그렇게 되었다고, 이혼 소식을 들었을 때 할머니와 할아버지는 오히려 안심했을 거라고 엄마는 내게 말해주었다. 그러다가 내가 여섯 살에서 일곱 살로 넘어가던 겨울에 갑작스러운 사고로 아빠가 죽자, 할머니의 태도가 완전히 달라진 것이었다. 갑자기 할머니의 삶에서 나는 이루 말할 수 없을 정도로 소중한 존재로 급부상했다. 심지어 할머니는 왜 당신의 손녀를 소중하게 여기지 않는 거냐고 할아버지에게 싫은 소리를 했다. 그 집에 머무는 동안 할머니는 이 말을 입에 달고 살았다. "세상에, 어떻게 지 아빠를 이렇게 빼다 박았니?" 나는 할머니가 나를 정말로 사랑하고 있다고 느꼈고 할머니가 좋은 사람이라고 생각했기 때문에 엄마가 전화기에 대고 할머니에게 언성을 높이는 게 듣기 싫었다.

"어머니, 그런 방식으로 더 이상 저희를 옭아매지 마세요. 저 혼자 힘으로 잘 살 수 있다고요!"

엄마가 통화를 끝냈을 때, 나는 이렇게 물었다.

"엄마, 나 이제 할머니 집에 못 가요?"

엄마는 어이가 없다는 듯이—혹은 믿을 수 없는 배신이라도 당했다는 듯이—나를 바라보다가 대답했다.

"아니, 할머니 집에 못 가는 게 아니라 안 가는 거야."

그리고 이렇게 덧붙였다.

"알았니?"

7월 말쯤에는 엄마가 직장을 얻었다. 엄마에게 그 이야기를 들었을 때 나는 심장이 덜컥 내려앉는 것 같은 기분을 느꼈다. 나는 같은 반 친구들 두어 명—그때만 해도 일하는 엄마를 둔 아이는 흔하지 않았다—을 떠올렸다. 안전한 세계에서 약간은 동떨어진 것 같은 느낌을 주는 아이들. 엄마가 직장에 다닌다는 건 동일한 비중으로 아빠가 보호자로서의 자격을 상실했거나 상실하는 중이라는 증거나 다름없었다. 하지만 바로 내가 그런 아이였는데! 나는 아예 아빠가 없었는데! 나는 나 자신이 다른 사람들에게 한번도 그런 식으로 노출되지 않을 수 있었다는 사실 때문에 충격을 받았다. 어떻게 그런 게 가능했을까? 나는 누군가에게 불시에 얻어맞은 사람처럼 정신이 얼얼해졌다. 도대체 나는 내가 어떤 삶을 살고 있다고 생각했던 것일까? 갑자기 곤경에 빠진 나와 상관없이, 직장을 가져본 게 난생처음인 엄마는 약간 들떠 보였다. 전공―화학―을 살리고 싶어 했지만 그렇게 되지는 않았다. 그래도 괜찮다고, 엄마는 자신만만하게 말했다. "어쨌든 엄마가 돈을 벌게 되었잖아." 엄마는 금방이라도 문짝이 떨어져 나갈 것 같은 중고차도 한 대 구입했다.

그 당시 우리는 5층짜리 계단식 아파트의 201호에 살고 있었다. 출근하기 전에 엄마는 401호에 사는 아줌마에게 나를 데려다줬고, 저녁 식사 전에 데리러 왔다. 4층 아줌마는 오십

대 중반으로 아들 하나가 있었는데 이미 결혼을 해서 지방에서 거주하고 있다고 했다. "걔넨 아직 애가 없어. 너같이 똑소리 나는 손주가 생기면 좋겠구나." 그녀의 남편은 시 외곽에 있는 주물 공장에 다니고 있었지만 늘 퇴근이 늦어서 나는 그를 본 적이 거의 없었다. 4층 아줌마는 종종 내게 말했다. "직장을 다니는 엄마를 두는 건 행운이란다." 나는 그녀가 뭘 모른다고 생각했다. 아니면 '불쌍한' 어린 여자애를 기분 좋게 해주려고 아무 의미 없는 말이라도 던지는 편이 낫다고 여기는 그런 부류이던가. 엄마에게 나를 돌보아주겠다고 먼저 제안을 한 것도 그녀였다. "나도 하루 종일 심심하고, 정 마음에 걸리면 그냥 애 반찬 값이나 주던가." 나는 그들의 이야기를 엿들었는데, 내 머릿속에는 어두운 밤 작은 나귀의 등에 실려 어디론가 가는 작은 아이가 떠올랐다. 나귀의 고삐를 잡고 있는 건 누구인가? 그(그녀?)는 인간 종種의 보편성만 소유하고 있는 하나의 개체일 뿐, 특징적인 면은 아무것도 찾을 수가 없다. 이건 두말할 필요도 없이 이치에 맞지 않은 이미지였다. 심지어 나는 나귀가 어떻게 생겼는지조차 몰랐다. 하지만 돌이켜 생각해보면 바로 그 점—이치에 맞지 않는다는—이 핵심이었는지도 모른다. 진실로 우스꽝스러우면서도 동시에 강력한 무력감을 침투시킬 수 있는 그런 것. 나 자신이 은밀한 교환 대상이 되었다는, 환희가 깃든 수치심과 자라날수록 더 이상 아무도 그런 식으로 나를 원하지 않는 날이 오리라는 비애감이 섞인 기대.

아줌마가 나를 불쌍하게 여긴다고 해서 내가 아줌마를 싫어했던 건 아니었다. 아줌마가 그렇게 여기는 건 내 생각에 거의 **정해진** 수순이나 마찬가지였다. 그건 그녀의 잘못이 아니었다. 주말에는 엄마와 거의 하루 종일 시간을 보냈다. 엄마는 4층에서 내가 뭘 하고 지내는지 궁금해했다. "아줌마가 책도 읽어주고 노래 테이프도 틀어줘요. 낮잠도 자고, 같이 시장도 가고요. 요리를 만들 때는 아줌마를 도와드려요." 나는 엄마가 아줌마네 집에서 내가 잘 지내기를 원하는 건지, 아니면 얼마간은 쓸쓸하게 지내는 걸 원하는 건지 알 수가 없어서 혼란스러웠다. 그건 명백하게 엄마의 잘못이었다.

시간이 지나면서 엄마는 주말마다 기운이 다 빠진 사람처럼 종일 침대에서 나오지 않았다. 알 수 없는 이유로 나를 칭찬

하거나 한편으로는 알 수 없는 이유로 나에게 화를 냈다. 종종 할머니는 집으로 전화를 걸었다. 엄마가 받을 때도 있었고 내가 받을 때도 있었다. 할머니는 내게 자신이 보고 싶지 않으냐고 물었고 엄마가 곧 포기할 거라고 말했지만 나는 엄마가 무엇을 포기한다는 말인지는 알지 못했다. 여름방학이 끝난 후, 나는 반 친구들에게 엄마가 직장을 다니기 시작했다는 건 알리지 않기로 결심했다. 그 아이들―엄마가 직장에 다니는 그 아이들―은 여전히 바퀴가 하나 빠진 자동차에 올라탄 것처럼 보였다. 내가 새로운 시선으로 바라봐야 할 사람이 있다면 그건 단 한 명뿐이었는데 다름 아닌 바로 나 자신이었다.

가을에, 언제나처럼 방과 후에 아줌마네 집에 있던 나를 데리러 온 엄마는 꽤 기분이 좋아 보였다. 그날 저녁으로 엄마와 나는 식탁에 마주 보고 앉아서 맥도날드에서 사 온 햄버거를 먹었고, 그 후에는 베란다에 앉아서 거봉을 껍질째 먹었다. 누가 먼저 했는지 모르겠지만 우리는 베란다 바깥으로 씨를 뱉기 시작했다. 우리가 앉아 있던 베란다는 포도 알과 씨로 엉망진창이 되었고, 그것 때문에 우리는 웃음이 터졌다. 우리는 씨를 뱉는 걸 멈추지 않았는데 얼마나 집중하고 있었는지, 초인종 소리가 들리는 것도 알아차리지 못했다. 겨우 초인종 소리를 알아차린 엄마가 문을 열었을 때, 밖에는 경비 아저씨가 서 있었다. 그는 엄마를 아래위로 훑으면서 말했다. "제발 철 좀 들지 그래요, 아기 엄마." 나는 마음속으로 경비 아저씨의 말을 반복했다. 거기에는 분명히 우스꽝스러운 요소가 있었고, 나는 이 말을 통해 중단된 우리의 소박한 소극을 지속할 수 있으리라고 믿었다. 아저씨가 간 후 나는 다시 웃음을 터뜨렸다. 두 번째 웃음은 어쩔 수 없이 약간의 생동감을 훼손당했겠지만 그래도 여전히 훌륭했다. 하지만 엄마는 웃음을, 우리의 소극을 반복할 생각이 없는 것 같았다. 엄마는 모욕이라도 받은 사람처럼 우두커니 가만히 서 있다가 내게 구걸하는 듯한 말투로, 마치 내가 대단한 권위라도 지니고 있어서 엄마에게 시혜를 베풀 수 있다는 듯이 말했다. "그만 웃어. 얘, 제발 부탁이니까 그만 웃어."

엄마는 이루 말할 수 없이 변덕스러웠지만, 나는 엄마에게

아줌마와 한 일을 되도록이면 정직하게 이야기해주려고 애썼다. 아마 빠뜨린 것도 있겠지만 맹세코 일부러 그런 것은 아니었다. 그러니까 단 한 가지를 제외하고는. 11월경이 되자, 토요일에도 엄마가 회사에 나가야 하는 경우가 생겼다. 엄마는 별수 없이 토요일에도 나를 4층에 맡겼다. 러닝셔츠 차림으로 거실에 길게 누워서 티브이를 보고 있던 4층 아저씨는 후다닥 방으로 들어가 옷을 챙겨 입었다. 엄마가 돌아가고, 아줌마가 방에 들어가 외출 준비를 하는 동안 그는 거실에 앉아 있는 나에게 질문을 몇 개 던졌는데 그야말로 하나 마나 한 소리였고 그마저도 이야깃거리가 떨어지자 결국 우리는 그냥 멀뚱히 앉아서 티브이 화면만 보기 시작했다. 나는 화장을 하고 옷을 챙겨입은 아줌마가 아저씨에게 라면은 절대로 먹이지 말라고, 점심밥을 잘 챙겨줘야 한다고, 심지어 두 시간 후에는 과일을 먹여야 한다고 신신당부하는 것을 들었다. 그리고 아저씨가 약간 귀찮은 투로 알겠다고 대답하는 것도 들었다.

"아줌마, 나도 아줌마 따라가면 안 돼요?"

아줌마는 멀뚱거리며 나를 바라보았다.

"재미는 없을 거야. 지루할지도 몰라. 너네 엄마가 싫어할지도 모르는데…… 그래도 괜찮겠니?"

그렇게 해서 아줌마와 내가 함께 간 곳은 성당이었다. 나는 그때까지 교회나 성당에 가본 적이 없었다. 할머니와 함께 절에 가본 적은 있었다. 성당은 버스를 타고 열두 정거장 가야 할 정도로 떨어져 있었다. 나는 나중에 왜 내가 엄마에게 성당에 간 사실을 그토록 이야기하고 싶어 하지 않았는지에 대해 생각해보곤 했다. 내가 성당에 갔다는 사실 때문에 엄마가 화를 낼 가능성은 없었다. 그 당시 엄마는 종교가 없었지만 어떤 뚜렷한 의식이 있어서 그런 것은 아니었기 때문이었다. 아줌마가 나를 데려간 성당은 상당한 위엄과 격식을 갖추고 있었다. 커다란 마당이 있었고, 건물은 붉은색 벽돌로 지어져 있었는데 위압적이고 웅장한 느낌을 주었다. 마당 한쪽에는 성모마리아상이 있었다. 나는 동정녀 마리아에 대해서는 책에서 읽은 적이 있었다. 아줌마는 성모마리아상 앞에 서서 눈을 감은 채로 성호를 긋고 잠시 동안 가만히 있었다. 아줌마는 내게 성당에 있는 시간이 지루할지도 모른다고 말했지만 그건 완전히 잘못된 판단이었다. 중앙에 세로로 금박 자수가 새겨진 녹색 제의를 걸친 남자 신부님이 양팔을 번쩍 들 때마다 나는 정신이 아찔해지는 것 같았다. 나는 손쉽게 희생이나 순교 같은 개념에 사로잡혔다. 물론 그 개념들이 내게 형이상학적으로 다가온 것은 아니었다. 다만 내가 특별한 사람, 언제나 무언가를 희생해야 하는 그런 운명을 가지고 태어난 사람일지도 모른다는 생각이 들었고 그런 생각은 뜻밖에도 내 기분을 근사하게 만들어주었다. 그날 미사의 거의 마지막에 사람들이 줄지어 서 신부님이 건네주는 하얀색 밀떡을 두 손으로 받아 혀 위에 살짝 올리는 걸 볼 때, 그리고 나는 그걸 할 수 없다는 걸 알았을 때─아줌마는 "얘, 잠깐만 여기서 기다려"라고 말하고 나를 잠시 혼자 남겨두었다─나는 박탈감과 초조함을 느꼈다. 외톨이가 된 느낌. 그렇지만 내 마음속 깊은 곳에서는 설명할 수 없는 달콤함과 만족감이 스멀스멀 기어 올라왔다.

그런 게 어떻게 가능했는지 모르지만 어쨌든 나는 매주 토요일마다 아줌마를 따라서 성당에 가게 되었다. 아줌마는 나를 성당 매점으로 데리고 가 미사포를 하나 사서 내 머리통 위에 얹어주었다.

 "어머나, 너무 귀엽구나."

 나는 아줌마가 한 말을 누군가 들을까 봐 주위를 둘러보았다.

 12월이 되자 성당은 성탄절 준비로 분주해졌다. 성당에서는 성탄절 전날 오후에 아이들이 참여하는 작은 행사를 하나 준비하고 있었다. 예수님의 탄생과 관련된 장면을 한 장씩 그림으로 그린 후 각자 자신의 그림을 가지고 사람들 앞으로 나가 차례대로 발표하는 것이었다. 나는 당연히 내가 그런 행사에 참여하게 되리라고는 생각하지 않았다. 거기에는 세례명이 있고, 미사가 끝나면 신부님에게 밀떡을 받아먹는 애들투성이었다. 하지만 나는 성탄절 일주일 전부터 아줌마 손을 잡고 방과 후 매일 한 시간씩 그 모임에 가서 신약을 함께 읽고 내가 맡을 부분을 결정해야만 했다. "내가 수녀님께 특별히 부탁했단다." 나는 성당 사람들 앞에 나가서 그런 걸 발표하고 싶지 않았다. 정말이지 싫었다. 그렇게 하면 사람들이 내가 누군지 궁금해할 것이고, 자연스럽게 내가 외톨이라는 사실을 알아차리게 될 테니까. 저 애가 누구야? 아, 우리로부터 동떨어진 아이! 우리에게 그걸 숨긴 아이! 그러면 나는 더 이상 영성체 때 혼자 남아서, 가슴 아프면서도 달콤한 기분을 느낄 수 없으리라는 사실을 거의 본능적으로 알아차렸다. 하지만 나는 아줌마에게 그걸 하기 싫다는 말을 하지 못했다. 대체 왜? 나는 나중에 그 이유를 알게 되었는데, 그녀가 지나친 선의로 똘똘 뭉쳐 있었기 때문이다. 그때나 지금이나 나는 그런 선의를 거부할 만큼의 배포가 없다. 나는 얌전하게 동방박사들이 나귀를 타고 별을 따라 걸어가는 장면을 스케치북에 그렸고, 그것과 관련된 문장을 만들어서 외웠다.

성탄절 전날 아침 엄마는 퇴근할 때 케이크를 사오겠다고 약속했다. 그해 우리 집에서는 성탄절 분위기라고는 전혀 찾아볼 수가 없었고, 엄마는 내가 이루 말할 수 없을 정도로 성탄절 분위기에 흠뻑 젖어 있다는 사실을 알지 못했다. 그날 학교 수업이 끝나고, 성당에 갈 시간이 다가오자 나는 배가 아프기 시작했다. 어디론가 도망치고 싶은 기분이 들었다. 아줌마는 내게 몸이 불편하냐고 물었다. 성당에 가는 걸 취소할 수 있지 않을까 하는 기대 때문에 나는 정직하게 배가 아프다고 말했다. "그렇게까지 긴장할 필요가 없는데." 아줌마는 내게 꿀물을 타 주었다. 버스에서 내려서도, 한 시간 후면 사람들이 가득 앉아 있을 성당 안의 작은 강당에 도착했을 때도 나는 여전히 배가 아팠고, 급기야는 마음속으로 하느님을 찾기 시작했다. "하느님, 제발 제가 발표를 하지 않도록 도와주세요." 그런데 무대의 커튼 뒤 공간에서 작은 분쟁이 일어났다. 수녀님은 우리를 이야기 순서대로 줄을 세웠는데, 동방박사가 나귀를 타고 별을 따라가는 장면을 그린 아이가 나 말고도 한 명 더 있었던 것이었다. 그 아이의 엄마가 수녀님에게 무언가 불만 섞인 토로를 했고, 아줌마도 지지 않겠다는 듯이 내가 얼마나 열심히 준비했는지 구구절절 늘어놓았다. 하지만 그게 무슨 상관이란 말인가? 그 애는 나와 달리, 세례명이 있고 영성체도 받을 수 있는, 그러니까 성탄절 전날 성당 사람들 앞에서 발표를 할 진정한 자격이 있는 아이였는데. 게다가 무엇보다 그런 상황이야말로 내가 간절하게 바랐던 순간이었다. 내게는 기적이 일어난 것이나 마찬가지였다. 어떤 사람은 그게 바로 신이 현현한 순간이

라고 말하고 싶으리라. 그래서 그때 나는 어떻게 했는가? 우선 나는 울음을 터뜨렸다. 나의 울음은 순수하게 비통하고 애달 파서 그 공간 안에 있는 모든 사람들이 나에게 피해를 끼쳤다 고 착각하게 할 만큼 강력했다. 그러고 나서 나는 뭐라고 말했 는가? 나는 이렇게 말했다.

"제가 발표를 하고 싶어요. 제발요, 제발 부탁이에요."

나는 그날 오후 의기양양하게 동방박사들이 별을 따라가는 장면을 발표했다. 뒤쪽에서 아줌마가 내 사진을 찍고 있었다. 발표를 마친 나는 슬그머니 관객석으로 가서 사람들의 반응을 기다렸다. 나는 그들이 나를 비난하고 내가 무대에 설 자격이 없는 아이였다고 수군거리기를 기다렸다. 저 애가 무대에 서다 니 부당해요. 영성체도 못 받는 아이가! 누군가 이렇게 덧붙일 지도 몰랐다. 그렇지만 그림은 아주 잘 그렸던걸요? 하지만 그 런 일은 일어나지 않았다. 거기 있는 그 누구도 내게 아무런 관 심이 없었다. 심지어는 그 아이조차. 나는 그 아이가 여전히 화 가 나 있기를 절실하게 바랐고 나를 노려보기를 바랐지만, 그 애는 그저 모호한 표정을 짓고 앉아 있을 뿐이었다. 그 애가 그린 그림은 의자 바로 밑에 떨어져 있었는데, 일부러 버려진 것이 아니라 그저 가치를 잃어버린 것, 마치 날짜를 놓쳐버린 극장 입장권 같은 느낌을 주었다. 나는 갑자기 가슴이 마구 방망이질 치는 것 같았고, 다시 배가 아파왔다. 낮에 그랬던 것처럼 울렁거리는 느낌이 아니라, 장이 마구 꼬이는 느낌이었다. 나는 그게 진짜 고통이라고 느꼈다. 아줌마는 맨 마지막 줄 자리에 앉아 아이들의 발표에 완전히 빠져들어 있었다. 나는 아줌마의 즐거움을 위해 참을 만큼 참고 싶었지만, 결국 그녀에게 다가가서 배가 너무 많이 아프다고, 집으로 돌아가야 할 것 같다고 말해야만 했다. 그제야 아줌마는 내 얼굴을 봤다. 내 얼굴은 완전히 창백했고 식은땀 때문에 머리카락이 이마에 착 달라붙어 있었다. 아줌마는 깜짝 놀라서 허둥거렸고, 매점 옆 공중전화로 회사에 있는 엄마에게 전화를 걸어주었다.

아줌마와 나는 바깥이 보이는 성당 로비의 의자에 앉아 있었다. 문을 닫아놓은 강당에서 캐럴을 합창하는 소리가 흘러나왔다. 언제부터인지 진눈깨비가 내리고 있었고 아직 오후

5시밖에 되지 않았는데 하늘은 어둑어둑했다. 아줌마는 자신의 외투로 내 몸을 완전히 감싸주고 나서 계속 미안하다고, 정말로 이렇게까지 아픈지는 몰랐다고 중얼거렸다. 엄마의 고물 승용차가 보이자 아줌마는 나를 거의 안다시피 해서 엄마에게로 데려다줬다. 나는 외투도 입지 않은 아줌마의 어깨에 내려앉은 진눈깨비가 자국을 만드는 걸 볼 수 있었다. 조수석에 나를 앉히고 안전벨트까지 매준 아줌마는 엄마에게 사과했다. 엄마는 나에게 성당에 대한 건 아무것도 묻지 않았고 아직도 배가 많이 아프냐고만 물었다. 나는 그렇다고 대답했다.

"토할 것 같니?"

나는 고개를 다리 사이에 묻고 흔들었다. 그 정도로 내 의도가 잘 전달되기를 바랐지만 엄마는 계속 내게 물었다.

"토할 것 같아?"

"아니요."

나는 겨우 대답할 수 있었다. 하지만 진눈깨비가 내리는 도로를 달리기 시작하자 나는 정말로 토할 것 같은 기분을 느꼈다. 나는 엄마에게 차를 세워달라고 말했다. 엄마가 갓길에 차를 세우자마자 나는 밖으로 뛰쳐나가서 그날 먹었던 모든 것을 게워냈다. 더러운 눈이 섞인 질퍽질퍽한 흙더미 위로 내 토사물이 쌓였고 역겨운 냄새가 났다. 엄마는 나를 따라 나오지 않았다. 잠시 후 내가 차 안으로 돌아갔을 때 엄마는 핸들에 얼굴을 묻은 채 울고 있었다. 나는 엄마에게 용서를 빌고 싶었다. 하지만 무엇에 대해 용서를 빌어야 하는 걸까? 내가 머뭇거리고 있을 때, 고개를 든 엄마가 내게 말했다.

"그 사람들은 너가 태어났을 때 아무런 관심조차 없었어."

그때 나는 엄마가 말하는 그 사람들이 누구인지 알아차릴 수 있었다. 하지만 엄마가 왜 우는 건지, 그리고 바로 그 순간 나에게 왜 그런 말을 해야 했는지는 알지 못했다. 나중에 시간이 지났을 때 나는 이렇게 생각하게 되었다. 바로 그 순간 그 말을 내뱉는 것이 엄마가 자신의 자존심을 끝까지 지키면서도 동시에 패배를 인정할 수 있게 만드는 일종의 방어선이었는지도 모른다고. 그다음 해 봄에 엄마는 직장을 그만두었고, 고물차도 팔아버렸다. 나는 더 이상 4층에 올라가지 않아도 되었다. 가끔 4층 아줌마를 마주칠 때가 있었는데 그때마다 그녀는 내게 용돈이나 먹을 걸 줬다. 겉으로는 예의 바르게 인사했지만 나는 속으로는 그녀를 이렇게 불렀다. 멍청이. 마치 그녀를 미워하는 게 내게 주어진 지상 과제인 양. 하지만 나는 내가 그녀를 싫어하지 않았다는 걸, 심지어는 좋아하고 있었다는 사실을 아주 나중에서야 인정하게 되었다. 여름에는 할머니 집으로 보내졌다. 할아버지는 여전히 나를 싫어했지만 나는 할아버지를 이해했을뿐더러 더 이상 그가 싫지도 않았다. 자신의 입장을 고수한다는 것이 얼마나 많은 허영과 자기기만을 담보해야 하는 것인지 막연하게나마 깨달았기 때문이었다.

그날, 울음을 그친 엄마는 차를 다시 출발시키기 전에 내게 말했다.

"집으로 돌아가는 길에 케이크를 하나 사자. 폭죽도 터뜨리는 거야. 끝내주게 멋진 크리스마스이브가 될 거다."

나는 고개를 끄덕이고 바깥을 바라보았다. 저 멀리 내가 토한 흔적이 보였다. 차가 출발하고 나서도 나는 토사물을 끝까지―고개를 뒤로 젖히면서까지―바라보려고 애썼다. 엄마가 내게 왜 그러냐고 물었지만 나는 아무런 대답도 하지 않았다. 나는 저 역겨운 흔적이 영원히 사라지지 않기를, 저곳에 언제까지나 남아 있기를 바랐다. 그래서 그 길을 걷는 사람들이 소스라치며 놀라면서도 그것을 끈질기게 바라보기를, 그것의 역겨움에 대해 한마디씩 하기를 바라며 잠에 빠져들었다.

마지막 밤

그녀가 몇 살이더라? 사람들은 그녀를 볼 때마다 그런 생각을 했다. 그녀의 허리는 잘록하고 다리는 곧게 뻗었다. 케이는 가끔, 그녀의 매니저를 하기 시작한 그 시절을 생각했다. 그 당시 그녀는 최고였다. 그녀가 출연한 영화는 모두 히트를 쳤다. 티브이 프로그램들은 그녀에게 러브콜을 보냈다. 어떤 팬은 그녀에 대한 자신의 사랑을 증명하려고 자신의 새끼손가락을 잘라서 보냈다. 또 다른 팬은 생방송 중인 토크쇼 프로그램 스튜디오에 난입했다. 그 남자는 그녀의 발밑에 무릎을 꿇었다. 그녀는 그 시절을 '미친 시절'이라고 불렀다. 그녀 곁에는 많은 사람들이 있었다. 그녀는 손끝 하나 까닥할 필요가 없었다. 모든 일들이 순조로웠다. 영원히 그럴 줄 알았다. 어디서부터 무엇이 잘못된 것일까? 케이는 궁금했다. 그 많던 사람들은 그녀를 모두 떠났다. 이제 그녀 곁에는 달랑 케이 하나만 남았다. 마지막으로 찍은 영화는 삼 년 전 개봉했다. 그녀가 주인공도 아니었고, 흥행에도 참패했다. 그녀는 이제 종교방송의 라디오 프로그램 디제이를 맡은 걸 제외하고는 일이 없었다. 그래도 사람들은 여전히 그녀를 보면 이렇게 생각했다. 저 여자가 몇 살이더라?

"이번에는 또 무슨 일이에요?"

집 안의 모든 전등은 꺼져 있었다. 그녀는 창가 책상 위에 작은 촛불을 올려두고 자신은 그 옆 의자에 앉아 있었다. 촛불이 흔들릴 때마다 마치 온 집 안이 일렁거리는 것처럼 보였다.

"보시다시피 정전이 되었네?"

케이가 고개를 절레절레 흔들었다.

"오늘 밤에는 집에 들어가면 조용히 잠들기로 약속했잖아요."

"맞아, 그랬지. 그러려고 했어."

"수지가 한번만 더 이 시간에 나 부르면 진짜 일이고 나발이고 다 죽여버린다고 했어요. 걔는 임신 중이에요. 걔를 기분 나쁘게 하고 싶지 않다고요."

케이가 그녀에게 가까이 갔을 때, 그는 그녀가 그날 밤 참석했던 파티 복장 그대로 있다는 걸 알았다. 부츠까지 신고 있었다. 아까 집에 데려다줬을 때는 화장도 머리 모양도 엉망이었는데 어째서인지 지금은 화장도 잘 되어 있고 머리 모양도 잘 잡혀 있었다.

"안 잤어요?"

"오랜만에 파티에 갔잖아. 들떠서 잠이 안 와."

예전에 그녀가 잘나가던 때에 그녀에게 신세를 졌던 피디가 이제 방송국의 거물이 되었다. 그가 배우들을 불러 모아 파티를 한다는 걸 알게 된 케이는 그에게 몇 날 며칠을 부탁해서 그녀를 초대하도록 했다. 케이는 그 일 때문에 통장에서 돈을 좀 찾아 썼다. 수지가 알면 아마도 날 죽이려고 들겠지. 그래도 다른 선택의 여지가 없었어, 케이는 생각했다.

"아까 파티에서 나 어땠어?"

그녀가 찬장에서 싸구려 진을 꺼내 와서 한 잔 따르고 케이에게 건네주었다. 케이는 그걸 받아서 그냥 책상 위에 올려두었다. 집에 들어갈 때 술 냄새까지 나면 수지가 정말 이번에야말로 날 죽일지도 몰라.

"예뻤어요."

그녀는 그날 파티에서 몸에 딱 달라붙는 검정 원피스를 입고 베이지색 부츠를 신었다. 손톱에는 빨간 매니큐어를 발랐고 팔에는 뱅글을 몇 개나 치렁치렁 걸쳤다. 사람들은 그녀를 보고 이렇게 생각했으리라. 그녀가 몇 살이더라?

"나도 알아."

그녀는 진을 한 잔 들이켜며 대답했다. 케이는 아무런 말도 하지 않았고 그녀의 의자 앞 바닥에 다리를 뻗고 앉았다. 그리고 술 한 잔을 들이켰다. 한 잔쯤이야 뭐 어떻겠어? 그녀는 한 잔 더 따라줬다. 그래서 케이는 한 잔 더 마셨다. 갑자기 기침이 났다. 케이는 오랫동안 기침을 했다. 기침이 멈추자 케이는 반

잔 더 마셨다. 창밖 도로는 텅 비어 있었다. 모두들 잠든 시간이구나. 케이는 생각했다. 수지도 잠들어 있겠지. 수지, 예쁜 내 아내 수지.

"그이가 나를 자기 드라마에 캐스팅하려는 걸까?"

케이는 어떻게 대답을 해야 할지 몰라 고개를 숙이고 못 들은 척했다. 술기운이 올라오는 것 같았다. 어질어질했다. 그녀가 입을 열었다.

"난 아직 누군가의 엄마 역할이나 뭐 그런 거 맡을 준비가 안 되어 있어. 난 아직 이렇게 젊고 예쁜데."

"그러게 말이에요."

케이가 이번에는 대답했다. 약간 혀가 꼬였다. 케이는 갑자기 그녀의 맨다리를 만지고 싶다는 충동에 사로잡혔다. 맹세컨대 케이는 한번도 그녀를 여자로 생각해본 적이 없었다. 정말로 그랬다. 케이는 그녀보다 열 살이나 어렸을뿐더러 게다가 그들이 처음 만났을 때 그녀는 이미 자신과는 전혀 다른 세상을 사는 사람이었다. 케이는 그 옛날에, 그녀가 아직 인기 절정이었을 때, 그녀의 발밑에 무릎을 꿇은 그 남자를 떠올렸다. 그녀

는 무릎 꿇은 그 남자의 머리를 천천히 쓰다듬고 그다음에는 그의 볼에 가만히 손을 대고 있었다. 그건 너무나 자연스러워서 그렇게 하도록 미리 짠 것처럼 보이기까지 했다. 당신은 나를 보기 위해 이런 미친 짓까지 마다하지 않았군요. 그래요. 이건 내가 응당 받아야 할 대접이에요. 그녀는 마치 그렇게 말하고 있는 것 같았다. 갑자기 케이는 그녀의 발밑에 무릎이 꿇고 싶어졌고 그렇게 했다. 속이 울렁거렸다. 케이는 그녀를 올려다보았다. 그 집에 들어가 처음으로 그녀의 얼굴을 그런 식으로 똑바로 쳐다본 것이었다. 그녀의 눈에 눈물이 맺혔다. 울음을 참으려고 그녀의 얼굴이 일그러졌고, 주름이 확 잡혔다. 파티에서, 사람들은 아마도 그녀가 몇 살인지 금방 알아차렸을 것이다. 그래도 여전히 그녀는 아름다웠다.

　케이는 그 시절을 떠올렸다. 모든 것이 순조로웠던 시절, 아무것도 잊어버릴 것이 없었던 시절, 아무런 거래도 하지 않아도 되었던 그 시절. 그녀가 천천히 손을 들어 케이의 머리카락을 쓰다듬었고, 그리고 오랫동안 그의 볼에 손을 대고 있었다. 아주 잠시였지만, 그녀의 얼굴에서 슬픔이 완전히 사라지고 예전의 그 영광스러웠던 시절의 표정으로 돌아가 있던 것을 케이는 보았다. 갑자기 케이의 마음이 걷잡을 수 없이 슬퍼졌다. 케이가 울음을 참으려고 심호흡을 했고 그 바람에 촛불이 훅 꺼졌다.

그들은 잠시 동안 어둠 속에 잠겨 있었다. 아무도 다시 촛불에 불을 붙일 생각 같은 건 하지 않았다. 그때 케이의 휴대폰이 울렸다.

"이제 그만 편하게 앉고 전화 받아, 케이."

"수지일 거예요."

케이는 바닥에 아무렇게나 앉았다. 그는 주머니를 뒤져 담배를 꺼내 한 대를 다 피우고 꽁초를 카펫 위에 올려두었다. 전화벨 소리가 잠잠해지자 케이는 담배 한 대를 더 피운 후 그걸 아까 놓아둔 꽁초 옆에 나란히 놓아두었다. 그녀는 다리를 꼬고 술잔을 들었다. 그리고 저 멀리 어딘가―진짜 너무나 멀리 있어서 다가갈 수 없을 것 같은 그 어딘가―를 바라보았다. 이제 막 한밤의 어둠이 걷히고 새벽의 희뿌연 빛이 조금씩 도로를

물들이고 있었다. 자동차 하나가 털털거리며 도로를 지나갔다.

"케이, 이제 집으로 돌아가야지."

그녀가 말했다. 담배 한 대만 더 피우고, 케이는 그렇게 생각했다.

그녀의 눈동자

내가 바란 것은, 단 한 가지였다. 머리 모양이 흐트러지지 않는 것. 언제나 그랬다. 유리한 싸움을 할 때에는 말할 것도 없고, 내가 불리한 싸움을 하고 있을지라도, 그래서 바닥을 구르거나 기어야 할 때에도. 내 위가, 장이, 폐가 누군가의 나이프에 깊숙이 찔리게 되더라도 그래서 상처에서 끝도 없이 피가 울컥울컥 쏟아져 나오게 되더라도 머리 모양이 흐트러지는 건 바라지 않았다. 도대체 언제부터 이런 말도 안 되는 생각을 하기 시작한 거지? 처음에, 그러니까 팔 년 전에, 이 바닥에 발을 들여놓았을 때 나는 정말이지 아무것도 몰랐다. 정말이지 아무것도. 그때 내게 중요했던 것들이 있었다. 지금도 물론 그렇지. 피투성이 손으로 운전대를 잡고 멀어지려는 의식을 가까스로 붙잡으며 그녀의 집으로 향할 때도, 나는 남은 손으로 머리 모양을 다듬었다. 아파트에 도착했을 때, 비가 그치고, 이 세상 모든 것이 젖어 있던 그때, 건물의 불이 모두 꺼져 있고 어둠이 세상을 온통 조용하게 만든 그때, 땀과 피로 온몸이 젖은 채로 여전히 피가 스며 나오는 상처를 한 손으로 누르며 계단을 하나하나 걸어 올라가면서, 아니, 걷는 게 아니라 내 두 발을 억지로 끌어서 움직이게 만들면서도, 나는 때때로 멈춰서 한 손으로 머리를 만졌다.

"세상에, 이게 무슨 일이에요?"

그녀가 나지막하게 비명을 질렀다. 그녀의 비명에는 놀라움과 슬픔, 그리고 두려움이 미묘하게 섞여 있었다. 그녀가 나를 부축했다. 책상용 스탠드 하나가 어둠의 한편에서 작은 빛을 겨우 발하고 있었다. 그녀는 무릎 아래까지 내려오는 실크 슬립을 입고 있었다. 그녀의 눈동자는 너무 까매서 아무런 감정이 담겨 있지 않았다. 언제나 그랬다. 그녀는 때때로 이 세상과 멀어지고 싶어 하는 것처럼 굴었고, 혹은 때때로 가까워지고 싶어 하는 것처럼 굴었다. 그 둘 다 불가능하다는 것을 알면서도, 아니 알고 있었기 때문에 그녀는 그런 걸 바랐다. 나는 고통 때문에 숨을 거칠게 내쉬었다. 제발 숨을 제대로 쉴 수 있었으면 좋겠다고 마음속으로 빌고 빌고 또 빌었다. 그녀는 나를 침대에 눕히려고 했지만 나는 그냥 서 있겠다고 했다. 그녀는 어찌할 바를 모르겠다는 표정으로 부엌 쪽으로 걸어갔다. 난 내가 이 집에 들어온 이후로 그녀가 한번도 내 얼굴을 바라보지 않았다는 걸 알고 있었다.

"도대체, 도대체 이게 무슨 일이죠?"

그녀의 목소리가 떨리고 있었다. 나는 아무런 대답도 할 수 없었다. 머리가 어질어질했다. 나는 비틀거리며 작은 간이 소파에 앉았다. 눈앞이 자꾸 흐려졌다. 잠시 후, 그녀는 부엌에서 나와 거실 입구에 섰다. 나는 그녀의 손에 무언가 들려 있는 걸 보았고, 그것이 어쩌면 나이프일지도 모른다고 생각했지만 아니었다. 술잔 두 개였다. 그녀는 여전히 내 얼굴을 보려 하지 않왔다. 그녀의 손이 부들부들 떨렸다. 내 몫으로 가져온 술잔은 탁자에 그냥 올려두었다. 어두웠지만 나는 그녀의 표정을 상상할 수 있었다.

"앰뷸런스 불러야죠." 나는 고개를 천천히 가로저었다.

"경찰이 깔렸어."

통증 때문에 말하는 게 힘들었지만 나는 더듬거리지 않으려고 한 글자 한 글자를 또박또박 발음했다.

"누가, 당신을 이렇게 만든 거죠?" 그녀는 자신의 술잔을 단숨에 비운 후 내게 물었다.

"글쎄, 누군가 나를 배신했네."

그녀가 내 몫의 술잔도 비웠다. 나는 숨을 한번 크게 들이쉬었다. 나는 그녀가 울고 있었으면 좋겠다고 생각하면서 온 힘을 다해 그녀의 한쪽 팔을 잡았다.

"우리가 처음 만났을 때를 기억해?" 그녀가 고개를 끄덕였다.

"내가 당신을 얼마나 사랑했는지 알고 있어?"

"그래요, 나도요, 내가 당신을 얼마나 사랑했는지 알잖아요."

"나를 좀 일으켜주겠어?" 하지만 그녀는 움직이지 않았다.

마치 덫에 걸린 작은 짐승처럼 몸을 부들부들 떨었다. 나는 스스로 일어서는 수밖에 없었다.

"내가 죽게 돼서 슬퍼?" 나는 다리를 질질 끌며 그녀를 지나쳐 벽 쪽으로 걸어가면서 물었다.

"그래요, 당신이 죽게 돼서 슬퍼요."

"울고 있어?"

"그래요, 나는 당신이 죽게 되어서 슬퍼요. 그래서 울어요."

그녀가 내뱉듯이 말했다. 나는 그녀의 말이 거짓이라는 걸 알고 있었지만 그래도 그 말이 나를 좀 기분 좋게 해주었다. 나는 힘겹게 숨을 몰아쉬며 그녀의 뒷모습을 바라보다가, 전등 스위치를 올렸다. 딸칵, 소리와 함께 어둠 속에 잠자고 있던 모든 것이 갑자기 생생하게 자신의 모습을 드러냈다. 전등을 켜지 않는 편이, 어둠 속에 머무는 편이 더 좋을 거라는 사실을 안다. 이렇게 밝은 빛 아래에서 그녀의 얼굴을 똑똑히 쳐다보며 내가 무얼 할 수 있을까? 하지만 어둠 속에서 하고 싶진 않아, 나는 그렇게 생각했다. 그녀의 슬립은 내 피로 더러워져 있었다. 나는 벽에 기댄 채로 있는 힘을 다해 주머니에서 리볼버를 꺼낸 후, 총구에 사일런트를 끼웠다. 그녀가 천천히 몸을 돌려 내게 다가오는 것이 보였다. 그녀의 얼굴은 땀에 젖어 있었고, 창백했다. 나는 그녀가 더 이상 다가오는 것을 원하지 않았다. 나는 총구를 그녀에게 향하게 했다. 그녀가 멈춰 섰다. 그녀는 시선을 내 얼굴로 주었지만, 여전히 내 눈을 피하고 있었다. 자신을 향한 총구와, 내 머리 위쪽, 그래, 내 머리 모양을 번갈아 바라보는 것 같았다.

"당신 머리가 헝클어졌어요."

"알아."

"나는 좋은 사람이에요. 나는 나쁜 사람이 아니에요."

"알아."

그녀가 결국 참지 못하고 내 눈을 들여다봤을 때, 슬픔과 두려움이 뒤섞인 눈동자로 나를 드디어 쳐다봤을 때, 나는 그냥 그녀를 향해 한 번, 딱 한 번, 방아쇠를 당겼다. 그리고 나는 리볼버를 주머니에 다시 집어넣었다. 잊고 있던 고통이 갑자기 온몸으로 뚜렷하게, 그리고 급격하게 퍼지기 시작했다. 나는 거기에 주저앉았다. 하지만 눈물을 흘리거나 하지는 않았다. 잠시 후 나는 자리에서 일어섰다. 그리고 두 손으로 머리 모양을 한 번 다듬었다.

어둠이 몰려가고 새벽이 다가오고 있었다. 어디로 가야 할까? 차가 주차된 곳까지 걸어가는 게 불가능한 일처럼 느껴졌지만 결국 나는 차에 다다랐다. 문득 뒤를 돌아보았을 때, 그녀의 창이 보였다. 새벽의 희뿌연 어둠 속에서 오로지 빛나고 있는 딱 하나. 그건 너무 안전하고 평화로워 보였다. 아마 그 장면을 본 누구라도 그런 생각을 하리라. 차에 몸을 구겨 넣었다. 자꾸 잠이 쏟아지려고 했다. 어쩌다 이렇게 되었을까. 이상했다. 처음에는 지키고 싶은 것이 있어서 이 일을 시작했는데, 도대체 얼마나 더 많은 것들을 잃어야 그걸 지킬 수 있게 되는 건지 모르게 되었다. 그게, 그러니까 애초에 내가 지키고 싶었던 것이 뭐였지? 휴대폰 소리가 들렸다. 잠시 졸음에 나를 맡기기로 했다. 나는 죽지 않을 것이다. 내가 죽어도 슬퍼할 사람이 이제는 한 명도 남아 있지 않으니까, 나는 당분간 죽지 않을 것이다.

돌려줘

그는 자신이 억세게 운이 좋은 사내라고 생각했다. 언제나 그랬다. 그를 아는 사람들, 특히 여자들은 그에게 말했다. 오늘 나를 만나러 올 거지? 아니, 그가 그렇게 말하며 고개를 돌려 버리면 여자들은 좋아서 못 견디겠다는 듯이 소리를 질렀다. 여자들은 그를 사랑했고, 남자들은 그를 두려워했다. 맞아, 그랬었지. 그는 생각했다. 겨울밤, 장대비가 내리고 있었고 그는 쓰레기봉투와 악취로 가득한 도시의 뒷골목에 주저앉아 있었다. 모두가 빗소리를 자장가 삼아 깊은 잠에 빠져 있을 시간이었다. 빗물이 그의 복부에서 흥건히 쏟아지는 피와 섞여들었다. 그는 자신을 찌른 남자를 떠올렸다. 그는 그렇게 체구가 왜소한 남자에게 자신을 공격할 틈을 주었다는 사실을 믿을 수 없었다. 그 남자가 나에게 뭐라고 했더라? 그는 그 작은 남자가 자신을 찌를 때 했던 말을 떠올리려 애썼다.

"그런 식으로 일을 하다가는 넌 언젠가 길에서 죽고 말 거다." 케이는 그에게 그렇게 말했었다. 지난 십 년 동안 그는 이 도시의 실질적인 주인이나 마찬가지인 케이를 위해 온갖 일들을 해냈다. 그가 누군가를 두렵게 하는 결정적 이유가 있다면, 그가 그게 무엇이든 간에 언제나 받은 만큼 돌려준다는 사실 때문이었을 것이다. 그는 자신의 별자리가 천칭자리라서 그런다고 생각했다. 하지만 그런 생각을 누군가에게 말하지는 않았다.

아니, 딱 한 명에게만. 그 여자, 그는 그 여자의 이름조차 몰랐다. 그 여자를 만난 건, 사 년 전 여름이 시작될 무렵이었다. 그 여자는 그를 럭키 가이라고 불렀다. "그렇게 부르면 행운이 당신을 지켜줄 것 같지 않아요?" 그는 그 여자에게 자신이 천칭자리이기 때문에 그런 식으로 주고받는 것의 균형을 맞추는데 집착하는 것 같다고 털어놨었다. 이를테면 언젠가 겨울, 그는 자신이 가장 아끼는 조직의 애송이를 만신창이로 만들어놓은 다른 도시의 애송이를 찾아 머리통에 총알을 박아 넣은 적이 있다고. 그는 그 남자의 머리통에서 흘러나온 검붉은 피가 새하얀 눈 위로 스며드는 걸 지켜보고 있었다. 언젠가 봄이 시작될 무렵에는 케이를 공격한 다른 조직의 조직원을 숲속으로 데리고 가서 팔과 다리를 부러뜨리고 주먹으로 얼굴을, 죽기 직전까지 가격했었다. 남자가 계속 몸부림을 쳤기 때문에 숲속에 있던 온갖 봄의 꽃잎이 땅 위로 떨어져 내렸다. 언젠가 여름에는 자신을 배신한 조직원을 찾아간 적이 있었다. 조직원은 여름의 바다에서 휴양 중이었다. 그는 조직원을 에메랄드처럼 푸른 바다가 넘실거리는 곳에 위치한 벼랑 끝에 열 시간 넘게 매달아두었다. 다시 갔을 때 밧줄에 매달린 건 살아 있는 남자가 아닌 죽은 남자의 축 늘어진 몸뚱이였다.

그 말을 다 들은 후 그 여자는 말했다. "오, 불쌍하기도 해라." 그 여자는 그해 여름이 끝날 때 죽었다. 올해 가을에, 그러니까 몇 달 전에 그는 그 여자를 죽인 암살자를 비로소 찾아냈다. 그는 암살자의 팔과 다리와 목을 나이프로 그어 고통스러운 상처를 만들어준 후 공터로 데리고 갔다. 미리 파놓은 구덩이에 생매장할 생각이었다. 암살자는 그에게 살려달라고, 자신이 왜 그 여자를 죽여야 했는지에 대해 털어놓았다. "케이가 시킨 거라고!" 그는 그게 거짓말이라는 걸 알고 있었다.

그는 암살자의 머리 위로 흙을 뿌리며 나지막한 목소리로 말했다.

"난 그 여자 이름도 몰랐어, 내 말 알겠어?"

그는 생매장을 끝내고 땅을 평평하게 만든 후 그 위에 마른 낙엽들을 뿌려놓았다. 그는 아무것도 변하는 것은 없으리라고 생각했다. 그는 여전히 여자들에게는 사랑을, 남자들에게는 두려움을 느끼게 만들 것이었다. 케이에 대한 믿음이 사라진 것도 아니었다. 하지만 무언가 달라졌다. 그건 뭐였을까? 내면 깊은 곳에서부터 그를 서서히 흩뜨려놓은 것. 그토록 왜소한 남자가 자신의 복부를 정확하게 찌를 수 있도록 자신을 무방비 상태로 만들어놓은 것. 암살자를 생매장한 후 어느 날 그는 문득 깨달았었다. 그 여자가 불쌍하다고 말한 대상은, 자신에게 잔인한 방식으로 죽음을 당한 사람들이 아니라, 바로 자기 자신이라는 걸.

비는 점점 거세지고 있었다. 얕은 숨을 쉴 때마다 그는 자신의 몸에서 죽음의 냄새가 진동한다고 생각했다. 온몸이 마비되는 것 같았다. 신음 소리를 내고 싶지 않았지만 몸이 덜덜 떨려서 어쩔 수 없이 신음 소리를 낼 수밖에 없었다. 그는 빗물에 흐려진 피의 빛깔을 보며 자신도 모르게 그 여자의 입술을 떠올렸다.

오, 불쌍하기도 해라.

그는 고개를 들었다. 거기에는 그 여자가 서 있었다. 붉은색 슬링백 구두와 하얀색 면 원피스를 입고서. 여자의 검고 긴 머리카락은 비에 젖어서 얼굴에 착 달라붙어 있었다. 하지만 여자는 전혀 추워 보이지는 않았다.

이봐요, 내가 당신을 살려주려고 왔어요.

그가 무슨 말을 하려고 하자 그녀가 그의 말을 막았다.

쉬, 내 말 들어봐요. 당신이 살아온 하나의 계절과 당신의 목숨을 교환할 수 있다면 어떤 계절을 줄 수 있어요?

왜 계절이어야 하는 거요? 난 가진 게 아주 많은데.

뭘 가졌죠?

돈.

돈은 필요 없어요.

그럼 뭐가 필요한가요?

당신의 계절요. 당신의 한 계절의 기억.

미쳤군, 이건 꿈이 분명해, 그렇지 않소?

하지만 그는 꿈일 리 없다고 생각했다. 얼음장 같은 빗물이 입 안으로 들이쳤다.

맞아요, 이건 꿈이에요. 깨고 싶어요? 럭키 가이? 하지만 당신에게 손해가 가는 일은 아닐 거예요. 당신이 버리고 싶은 계절의 기억은 아주 많을 테니까. 그러니까 이건 당신에게 도착한 행운이나 마찬가지예요. 진짜 행운 말이에요.

어째서 그렇소?

당신은 그저 당신이 가진 끔찍한 계절의 기억 중 하나만 내게 주고, 그리고 계속 살아가면 되니까요.

그는 자신의 계절들을 떠올렸다. 어떤 계절이든, 거기에는 언제나 피와 비명과 폭력이 깃들어 있었다. 단 하나의 계절을 제외하고는. 그가 입을 열려 하자 여자가 다급히 고개를 절레절레 흔들며 말했다.

제발요. 한번 내뱉으면 주워 담을 수 없어요. 당신이 내뱉은 그 계절의 기억을 내게 줄 수 없다면 당신의 행운은 끝이 나는 거예요.

그는 망설였지만 그건 아주 잠깐에 불과했다.

초여름. 사 년 전 여름의 시작이었던 나날.

여자는 절망적인 표정으로 믿을 수 없다는 듯이 그를 바라보았다.

그걸 주고 싶어요? 확실해요?

그는 고개를 끄덕였다.

왜죠?

여자는 슬픈 표정으로 그를 바라보다가 체념하듯이 입을 열었다.

눈을 감아봐요.

그는 여자가 시키는 대로 했다. 눈을 감은 그는 자신이 더 이상 고통을 느끼지 않고, 춥지 않으며, 비와 피에 젖어 질척거리지 않는다는 걸 깨달았다. 바싹 마른 대기는 기분 좋을 만큼의 따듯한 온도를 품고 있었다.

자, 이제 눈을 떠요.

그는 자신이 사 년 전 여름, 그녀를 찾아갔던 맨션의 베란다에 서 있다는 것을 깨달았다. 해가 막 저무는 시간, 초여름의 저녁이었다. 그때 그는 거기에서 여자를 기다리고 있었다. 그는 붉은 슬링백을 신고 흰 원피스를 입은 여자가 어디쯤에서 나타날지 궁금해하며 건물 밖 아래를 바라보았다. 그러자 온갖 초여름의 집약체가 그의 눈앞에 펼쳐지기 시작했다. 눈을 얼얼하게 만드는 녹음, 장미의 어지러운 향기, 청포도 나무의 싱그러움, 리넨의 촉감, 차가운 푸른색 바다……가 그를 향해 빠른

속도로 밀려오고 있었다. 그는 그게 꿈도 아니고, 신의 장난이나 악마와의 거래도 아니라고 생각했다. 그는 자신을 찌른 작은 남자가 했던 말을 떠올렸다. 돌려줘. 작은 남자는 무엇을 돌려달라고 한 것일까? 그는 자신이 남들에게 빼앗은 것이 어떤 것들인지도 기억하지 못했다. 그는 언제나 자신이 억세게 운이 좋은 사내라고 생각했다. 어쩌면 자신은 죽지 않으리라고 믿었던 건지도 모른다.

피를 쏟아낼 만큼 쏟아낸 그는 겨울밤, 도시의 뒷골목에 쌓여 있는 쓰레기봉투에 기대어 앉아서 얼음장 같은 비에 젖은 채 흐느껴 울었다. 돌려줘. 그는 자신이 결국 초여름의 기억을 누구에게도 줄 수 없으리라는 것을 깨달았다. 그는 그런 식으로 자신에게 처음이자 마지막으로 찾아온 진짜 행운을 받아들일 수 없었기 때문에 결국 죽을 수밖에 없다는 것을 알았다. 하지만 그것 역시 아주 불운한 결말은 아닐 것이라 생각하며 천천히 눈을 감았다. 어디선가 나타난 깡마른 길고양이 한 마리가 그에게 다가갔다. 고양이는 그의 냄새를 맡았고, 그가 더 이상 움직이지 않으리라는 것을 확인하자 쓰레기봉투를 뜯기 시작했다.

죽은 사람

나는 개를 보았다. 부서진 시계, 그리고 빨간 귀와 코를 가진 인형을 보았다. 그건 아톰을 닮기도 했고, 미키마우스를 닮기도 했다. 저 인형을 어디선가 본 적이 있다고 생각했지만, 그게 언제, 어디서였는지는 모르겠다. 파란 하늘, 초록색 잔디, 색색깔의 앙증맞은 꽃들. 하지만 그것은 모두 진짜가 아니다. 어디선가 음악 소리가 들려온다. 나는 그게 어디서부터 흘러나오는 건지 알고 싶다. 저 소리는 진짜일까? 음악 소리는 내 마음을 편하게 해주지만, 또 다른 한편으로는 나 자신을 나약하게 만들까 봐 걱정이 된다. 문득 음률이 미묘하게 갈라지고 있다는 느낌에 사로잡힌다. 그것은 더 이상 음악이 아니다. 그리고 어느 순간, 나는 그게 차장을 두드리는 소리라는 것을 알았다.

깜빡 잠이 든 모양이었다. 11월의 새벽 공기는 무척 차가웠다. 차 안에 구겨져 있던 터라 온몸이 아팠다. 나는 시간을 확인했다. 3시 15분. 그녀가 주먹으로 차 창문을 두드리고 있었다. 도로에는 주차된 차들이 몇 대 있었지만, 사람이 타고 있는 건 내 차뿐이었다. 불이 켜진 집도 없다. 다만 건너편에 있는 모텔의 거대한 네온사인만 번쩍번쩍거리고 있었다. 그렇지, 모두들 자신의 편안한 침대에서 잠들 시간인 것이다. 깨어 있는 건 통통 부은 도둑고양이들과 가출한 불량 청소년, 그리고 부랑자들뿐이다. 나는 차의 창문을 열었다.

"위험하게 이런 데서 잠들면 어떡해요?"

"그래서 차 문이랑 창문이랑 다 잠근 거잖아. 근데 왜 차에 타지 않고?"

그녀가 창문 안으로 얼굴을 들이밀면서 대답했다.

"당신이 같이 좀 가줘야 할 거 같아요."

"뭐?"

"혼자서는 못 들어가겠어요."

나는 차에서 내렸다. 그녀는 두 손에 작은 상자를 들고 나를 올려다보았다. 그녀는 자세가 아주 똑바르다. 한때 무용수였기 때문이다.

"무서워요."

나는 그녀의 차가운 볼을 꼬집으며 말했다.

"무서울 거 없어."

"무서워요, 무서워 죽겠어요."

"좋아, 내 말 잘 들어. 당신은 지금 케이의 물건을 돌려주려고 온 거야. 그 집에 들어가서 그걸 두고 나오면 돼. 하지만 당신이 만약 돌아가고 싶다면 당장 돌아갈 수도 있어. 내가 데려다줄게."

그녀는 아무 말도 하지 않고 잠자코 땅만 쳐다보고 있었다. 어디선가 버려진 고양이의 울음소리가 들렸다. 잠시 후, 나는 그녀에게 이끌려 케이가 살았던 낡은 아파트 입구로 걸어 들어갔다.

케이가 죽었다. 나는 두 시간 전에 그녀의 전화를 받았다. 그녀는 횡설수설했다. 여하튼 정리해보면 케이가 교통사고로 죽었다는 것이다. 자세한 건 모르겠다. 차가 호수에 빠졌다던가, 뭐 그런 종류였다. 그녀는 케이에게 받았다는 상자에 대한 이야기를 했다. 그걸 한번도 열어본 적이 없다고 했다. "케이에게 돌려줬어야 하는데 이제 케이가 죽었으니 어쩌면 좋아요?" 나는 케이를 직접 만나본 적도 없고, 그러니까 당연히 얼굴도 몰랐다. 그저 그녀가 이 년 전까지 만나던 사람이라는 사실만 안다. 아마도 진지하게 만나오던 관계였던 것 같다. 내가 알기론 그랬다. 하지만 여러 가지 일이 터지고 그들은 헤어졌다. 케이는 파일럿이었는데, 그녀와 헤어질 즈음에도 여전히 파일럿이었는지는 잘 모르겠다. 내가 알고 있는 것 중 하나는 케이가 무척 부유한 남자였다는 점이다. 왜 이런 거지 같은 동네에서 살다 죽었는지 도통 모르겠다. 케이의 집에 가서 상자를 두고 오자고 말한 건 나였다. 하지만 그건 그냥 농담이었다. 진짜로 그녀가 그렇게 할 거라고는 생각도 못했다. "당신이 같이 가줘야 해요." 살아생전 한번도 만나지 못했던, 이제는 죽은 사람이

된 남자의 집에 가고 싶은 생각은 추호도 없었지만, 어쩔 수 없었다. 집 안으로는 들어가지 않겠다는 약속을 받아내고 온 건데, 결국 이런 식으로 낡고 어두운 엘리베이터에 올라타게 된 것이다.

그녀가 아무 버튼도 누르지 않기 때문에 내가 '5' 버튼을 눌렀다. 엘리베이터의 형광등은 금방이라도 꺼질 듯이 지지직거렸다. 이윽고 엘리베이터 문이 열렸다. 더럽고 좁은 복도에는 오줌 냄새가 났다. 그녀는 아주 잠깐 휘청거렸다. 나는 케이의 현관문 앞에 있는 화분 받침에서 열쇠를 꺼내서 그녀에게 건네주었다. 그녀는 나를 뚫어지게 바라보았다. 나는 그녀의 표정이 미묘하게 변했다고 생각했지만, 그것에 대해 더 이상 생각하지 않을 참이었다.

"당신이 열어요."

그녀의 얼굴은 아주 창백했다. 나는 그녀가 진짜로 쓰러지지나 않을까 걱정이 되어서 그녀를 한번 감싸 안았다. 그런 후에 열쇠를 열쇠 구멍 안으로 넣고 돌렸다. 문을 열기 직전에 그녀가 내 손을 잡고 나를 제지했다.

"잠깐만요."

그녀는 아주 오랜 시간 동안 아무 말도 하지 않았다. 아니, 그렇게 오랜 시간은 아니었는지도 모른다. 나는 그녀의 턱밑을 어루만지며 다정하게 말해주었다.

"만약 당신이 돌아가고 싶으면 여기서 돌아가도 돼."

그녀는 눈을 내리깔고 고개를 절레절레 흔들었다.

"아네요. 아네요."

"만약 당신이 돌아가기를 원한다면……."

그녀는 다시 한 번 힘주어 말했다.

"아네요, 들어가요."

'아무 일도 일어나지 않았다.' 이게 문을 열자마자 내가 한 생각이었다. 내가 무슨 기대를 했던 걸까? 케이의 유령이라도 볼 수 있을 거라 생각한 것일까? 집 안은 깔끔했다. 원룸 형태로 되어 있었는데, 가구가 아주 많아서 사람이 사는 곳이라기보다는 가구 창고 같다는 느낌이었다. 집 안의 전등은 모두 꺼져 있었지만, 맞은편 건물의 네온사인 때문에 자극적인 붉은빛

이 거실에서 깜빡깜빡거리고 있었다. 이런 곳에서 어떻게 잠을 이룰 수 있었을까? 식탁 위에는 먹다 남은 칠면조 샌드위치와 식은 커피가 있었다. 나는 남은 샌드위치를 한입 베어 물었다. 나쁘지 않았다. 찬장을 열었더니 거기에는 고급 위스키와 진, 그리고 버번이 있었다. 컵을 두 개 꺼내 진을 반쯤 따랐다. 그녀는 머리에 쓴 스카프도 벗지 않고, 코트와 장갑도 그대로 착용한 채로 방 한가운데에 우두커니 서 있었다. 마치 자연스럽게 행동하는 법을 잊어버린 사람 같았다. 그녀는 그저 그렇게 서서 창밖을 바라보았다. 네온사인의 빛이 그녀의 뒷모습에 기다란 음영을 만들었다. 그녀는 정말 아름다웠다. 나는 항상 그녀와 결혼하기를 바랐다. 항상, 죽을 때까지, 내 곁에 있어주기를. 그녀에게 다가가 진 한 잔을 건넸지만 그녀는 받아 들지 않고 고개만 가로저었다. 내가 다시 찬장 쪽으로 가서 술을 따르고 있을 때, 그녀는 여전히 거기에 서서 장갑도 벗지 않은 채 상자의 포장을 벗기기 시작했다. 내가 그녀에게 다가가려고 하자, 그녀가 낮고 단호한 목소리로 말했다 .

"오지 마세요."

나는 몇 미터 떨어진 곳에서 그녀의 뒷모습을 바라보았다. 그녀는 한동안 고개를 숙이고 있었다. 잠시 후 그녀는 그걸 조용히 식탁 위의 식은 커피 옆에 두었다. 그리고 다시 창 쪽으로 다가가 가만히 서 있기만 했다. 나는 식은 커피를 마저 마시고, 상자 안을 확인했다. 상자 안에는 빨간 귀와 코를 가진, 그 플라스틱 인형이 들어 있었다. 그건 내가 삼 년 전에 재미 삼아 그녀에게 사준 것이다. 나는 진을 한 잔 더 따른 후 침대에 걸터앉았다.

"뭐가 그렇게 무서웠던 거야?"

그녀는 나를 쳐다보지 않고 고개를 절레절레 흔들었다.

"아녜요, 나는……."

그녀는 잠시 망설이다가 다시 입을 열었다.

"나는 무서웠던 게 아녜요."

이렇게 말한 그녀가 내 쪽으로 몸을 돌렸다. 그녀의 얼굴이 보이지 않았다.

"그럼?"

"나는…… 슬픈 거예요."

그녀는 다시 내게서 돌아섰다. 나는 그녀의 아름다운 뒷모습을 바라보고만 있었다. 그녀에게 다가가 입술에 키스하고 싶었지만, 그래도 되는 건지 잘 알 수 없었다. 그리고 잠시 후 나는 그녀가 점점 내게서 멀어져간다는 걸 알게 되었다. 정말로 그녀는 점점 멀어져서 어느 순간, 나는 방에 홀로 있게 되었다. 밖에서는 네온사인이 번쩍번쩍거렸고, 어디선가 아이들의 비명 소리와 고양이 죽는 소리가 들렸다.

이제 나는 자동차 안에 있다. 호수를 향해 달려가기 위해, 나는 액셀을 힘껏 밟는다. 어디선가 그녀의 목소리가 들린다.

"슬프군요, 케이, 당신이 죽어서 난 정말로 슬퍼요."

나는 여전히, 꽃이 피어 있는 초록색 들판을 바라보고 있다. 다시 어디선가 음악이 들려온다. 이번엔 진짜 음악일까? 하지만 나는 곧 깨달았는데, 그건 음악 소리가 아니라 무언가가 부서지는 소리였다. 무언가가 무너지고, 무언가가 사라지고, 무언가가 영원히 갇히는 소리, 꿈, 음악. 나는, 아무것도 내게 도움이 되지 않을 거라는 사실을 알 것 같았다. 어린 시절의 추

억도, 흐르는 시간도, 작고 예쁜 강아지도, 내가 그녀에게 재미
삼아 주었던 선물도, 그 무엇도, 그 무엇도…….